장태우 역사소설

문무

3권 왜의 천황이 되다

Braille Publishing Co.,Ltd.
도서출판 점자

전3권

1권 신라의 새로운 희망

2권 삼한일통을 이루다

3권 왜의 천황이 되다

[차 례]

유신의 죽음 _ 5

당과의 일전 _ 31

친당파의 반란 _ 51

왜로 건너가다 _ 81

이치의 죽음 _ 139

암투 _ 147

상명지통 _ 165

위기일발 _ 179

황태자가 되다 _ 221

천황이 되다 _ 233

이별 _ 243

광길아! 광길아! _ 273

법민, 떠나다 _ 289

작가의 말 _ 299

유신의 죽음

법민이 보위에 오른 지 어느덧 12년이라는 세월이 흘렀다.

작년 정월에 이미 예원(禮元)으로 하여금 중시를 맡도록 했으므로, 이때에 이르러 신라의 조정에도 새로운 인물들이 대거 등용돼 세대교체가 이루어졌다. 조정은 물론이고, 지방의 성주들에 이르기까지 명석한 두뇌를 지닌 젊은 인재들로 대거 채워졌다. 이에 정사가 한결 밝고 활기에 넘쳤다. 그동안 구귀족세력과 지방 토호들의 입김 때문에 운신이 여의치 않았던 법민으로서는 마음 놓고 백성들을 위한 정사를 펼칠 수 있게 된 셈이었다.

헌데 당의 이치가 생색을 내면서까지 부여융을 삼한 땅으로 돌려보내 옛 백제의 땅에 웅진도독부(安東

都護府)를 설치한 후 그로 하여금 옛 백제의 강역을 책임지는 허수아비 권력자로 만들었다. 공교롭게도 그 시기는 법민이 당에 대해서 본격적으로 반기를 들어 대항을 시도하던 시기와 맞물렸다.

법민은 강수(强首)로 하여금 웅진의 고성성(古省城: 부여 부근)을 공격하도록 했다. 작년에 고간(高幹)의 당군을 물리치면서 강수와 함께 서라벌을 떠났던 죽지와 흠돌은 해가 바뀌어도 돌아오지 못하고 있었다. 고성성이 공격을 당하자 웅진에서는 흑치상지가 군사들을 이끌고 나와 신라군과 대치했다. 적의 진중에서 흑치상지(黑齒常之)를 발견한 강수는 무릎을 치며 쾌재를 불렀다.

'이제야말로 가림성을 취할 수 있게 됐구나! 가림성을 취하고 나면 부여융의 한쪽 다리를 자르는 것과 다를 바 없으니 무엇을 더 걱정할 것인가?'

강수는 기뻐하기를 마다하지 않았다. 가림성은 난공불락의 요새로 성곽이 높고 가파르며 지형이 험해 여간해서는 공략하기 어려웠다. 더욱이 흑치상지 같이 노련한 장수가 머물며 방어를 튼튼히 한다면 도저히 이길 수 없을 것이라 판단한 강수는, 자신이 흑치상지를 고성성에 묶어두는 동안 법민에게 즉시 가림성으로 군사들을 보내 공격하라는 파발마를 보냈다. 지금까지 고성성을 공격하며 신라군이 위세를 크게 보인 것도 따지고 보면 흑치상지를 그곳으로 불러내 붙잡아 두기 위한 위계였다.

"경들은 즉시 군사들을 이끌고 나아가 여유를 두지 말고 웅진부성의 남쪽 가림성을 공격하도록 하시오."

법민은 즉시 천품, 군관, 진복 등의 장수로 하여금 군사를 주어 출전시켰다. 그러나 고성성의 흠돌이 성을 쳐부수기 위해 북을 울리며 함성을 지르고 싸움을 걸어보아도 성에서는 일체 반응이 없었다. 이에 강수는 틀림없이 적의 술수가 있을 것이라며 군사를 거둬들이고 며칠 동안 적의 동태를 살피며 지켜보았다.

"저놈들이 하룻밤 사이에 모조리 뒈져버렸나?"

성질 급한 흠돌이 성을 힐끔거리며 불평을 쏟아놓았다. 이기든 지든 우당탕 한바탕 판을 벌이는 것을 좋아하는 그였는지라 좀이 쑤셔서 견딜 수 없었던 것이다.

"이는 필시 흑치란 놈이 우리 군사들을 보고 겁을 집어먹은 나머지 성을 버리고 도망간 것이 분명하오. 그대는 괜히 두려워하지 말고 성안으로 쳐들어가 손쉽게 성을 얻기만 하면 될 것이오."

마치 걱정할 것이 아무것도 없다는 듯 투덜거리며 강수의 신중함을 탓했다. 이에 막무가내로 군사들을 시켜 성안으로 밀고 들어갔다. 그러나 성은 텅 비어 있었다. 이에 강수가 혹시나 하고 급히 알아보니, 흑치상지는 이미 가림성에 모습을 드러낸 채 천품 등의 장수들과 서로 대치하고 있다는 소식을 들을 수 있었다.

천품과 군관, 그리고 진복이 이끄는 신라의 군사들은 이로부터 가림성을 공격하기 시작했다. 그러나 정월이 지나 2월에 접어들어서도 결국 뜻을 이루지 못했다. 흑치상지가 성벽 위에 나타나 웅진의 군사들을 지휘하며 결사항전으로 나와 손을 쓸 방법이 없었던 것이다.

이래저래 시간만 흐른 후 4월에 이르러서야 법민은 군사를 다시 일으켰다.

"성의 남쪽에 머물고 있는 천품과 군관, 진복의 5천 군사로 하여금 가림성에 공격을 더욱 맹렬히 퍼부어 필히 흑치상지를 무찌르도록 명을 내리시오."

법민은 예원을 시켜 가림성으로 왕명을 보내도록 했다.

"아울러 죽지 장군과 흠돌 장군의 군사들을 북쪽으로부터 직산(稷山: 천안)을 거쳐 대흥(大興: 예산)으로 진발시켜 웅진성을 치도록 하시오!"

더불어 법민은 죽지와 흠돌에게 이번 기회에 부여융을 필히 쳐서 멸하도록 명을 내렸다. 가림성을 점령하고 머물러 있던 장수들은 아직 군사를 돌리지 않은 채 법민의 다음 명을 기다리는 중이었기 때문에 이때에 이르러 다시 왕명을 내린 것이었다.

"삼가 왕명을 받들겠나이다."

예원이 예를 갖추고 뜻을 받들자, 법민은 그 자리에 있던 유돈과 무수 형제에게 다시 명을 내렸다.

"유돈은 무수의 두 형제와 더불어 새로 편성을 마친 백금서당(白衿誓幢)과 장창당(長槍幢)을 이끌고 나아가 다른 장수들과 함께 웅진을 치도록 하시오."

전날 강수의 간언(諫言)에 따라 백제 유민들로만 구성된 당(幢: 신라의 군사조직)을 따로 만들었는데, 법민은 이때에 이르러 양당을 처음으로 싸움에 내보내 그 능력을 평가함과 동시에 실전에 대한 경험을 쌓도록 했다.

법민의 명을 받고 나간 유돈과 무수의 군사들은 별로 힘들이지 않고 웅진성을 쳐서 빼앗은 다음 여세를 몰아 두릉윤성을 다시 공격해 빼앗고 두솔성에 이르렀다. 그 무렵, 고성성을 쟁취한 죽지와 흠돌의 군사들도 어렵게만 여겨지던 임존성과 주류성을 차례로 빼앗아 함락시키고 두솔성 어름에 이르렀다.

당황한 것은 부여융과 흑치였다.

작년에 죽지가 가림성 인근의 곡창에서 다 익어 가던 벼를 짓밟아버린 탓으로 양식이 귀해져 군사들에게 먹일 군량까지 궁해진 터라, 인근 지역의 여러 성들이 차례로 함락됐다는 소식을 듣고 크게 낭패한 부여융은 결국 흑치상지가 있는 가림성으로 달아났다.

"참으로 큰일이오. 죽을 각오를 마다하지 않은 채 힘과 궁리를 모아 봤으나 도무지 살아날 방도가 없으니, 대체 이 일을 어찌하면 좋소?"

부여융이 새파랗게 질려 탄식을 늘어놓자 흑치상지 역시 시운이 다했음을 한탄했다.

"천하를 도도히 흐르는 대세를 어찌 뒤엎을 수 있겠습니까?"

그는 눈물을 주르르 흘리며 쥐고 있던 칼자루를 내려놓았다.

그리고 다시 말을 이었다.

"소신이 대왕을 보필해 사직을 잇기 위해 혼신의

힘을 기울였으나 마침내 그 뜻을 이룰 수 없을 것 같사옵니다. 폐하께서는 소신의 목을 쳐주십시오."

천하제일의 명장 소리를 들으며 백제의 사직을 지켜보려던 흑치상지의 무한한 노력이 뜻을 꺾는 순간이었다.

"장군! 그 무슨 당치않은 말씀이오? 이 위급한 때에 장군마저 없다면, 과인이 무슨 수로 목숨을 부지할 수 있을 것이며, 또한 이 일의 잘되고 잘못됨이 어찌 장군만의 허물이라 할 수 있겠소?

모든 일이 과인의 불찰과 어리석음으로 인해 생긴 일이니, 장군께서는 어서 뜻을 거두어 주시오."

부여융이 깜짝 놀라 흑치상지를 붙잡아 일으키며 말했다.

"아, 나라를 다시 일으켜 사직을 이으려고 했으나, 그 모든 꿈들이 한낱 이룰 수 없는 허무한 허상(虛想)일 뿐이더란 말인가?"

흑치상지와 마주앉은 그는 탄식을 하며 눈물을 흘릴 뿐이었다. 두 사람의 군신은 그렇게 한동안 망연히 앉아 넋을 잃고 있었다. 700년을 면면히 이어져 내려온 백제의 옛 영화가 새삼 그리웠다. 또 한편으로는 한이 맺혀 서러움과 안타까움을 금할 수 없었다. 자신의 대에 와서 이처럼 사직을 잇지 못한 채 목숨마저도 무사히 건사할 수 없다고 생각하니 눈물이 앞을 가릴 뿐이었다.

그때 흑치상지가 조용히 말했다.

"폐하께서 만일 당으로 가실 의향이 있다면 마땅히 신이 마지막 혼신의 힘을 다해 모시겠나이다. 작금에 이르러 돌이켜보건대, 신라의 법민은 삼한 백성이라면 누구를 막론하고 두루 받아들이고 껴안은 나머지 나날이 그 인심과 신망이 두터워져서 이제 그와 대적하기란 힘든 일임에 틀림없습니다. 또한 우리의 처지를 돌아보면 모든 성들이 함락된 나머지 이제 가림성만이 홀로 남아있사옵니다. 대세는 이미 기울어진 것이나 마찬가지이오니, 우선 당으로 피하는 길밖에 없사옵니다."

사실, 흑치는 이런 날이 올 것을 미리 예측하고 바닷가에 배 한 척을 준비해 두고 있었다. 그러나 그마저도 지금 당장 서둘러야만 했다. 이에 부여융도 다른 방법이 없는지라 그의 말을 따르기로 하고, 즉시 차비를 갖춰 낙양을 향해 길을 떠났다. 당의 황제로부터 웅진도독으로 임명을 받아 부임할 때의 부풀었던 꿈을 무참히 접은 그는 그처럼 겨우 목숨을 부지해 다시 당으로 돌아가야 했다.

이로써 신라는 백제 땅 전역을 아우르고 명실 공히 삼한의 남부지역 전체를 평정할 수 있었다. 이제 북쪽을 차지한 채 기세를 부리고 있는 당의 무리들을 향해 눈을 돌릴 수 있게 된 것이다.

7월에 이르자, 당나라는 군사 4만 명을 이끌고 일시에 평양에 이르러 여덟 곳에 진영을 설치하고 주둔했다가 신라의 설오유와 고구려 다물군의 발호를 차단하기 위해 남하했다.

그때 다물군을 이끌고 있던 장수는 고연무(高延武)와 백포정(白布精)이었는데, 그들의 휘하에는 이태 전에 왕명을 받아 고구려 땅으로 들어갔던 신라의 설오유(薛烏儒)와 그가 이끄는 군사들도 포함돼 있었다. 그들은 서로 힘을 합쳐 평양 남쪽에서 당의 군사들과 만나 어지럽게 접전을 벌이며 일진일퇴를 거듭했다. 싸움이 어찌나 치열하고 맹렬했는지 달포간이나 계속 됐다. 그러나 결국 중과부적인지라, 숫자에서 밀린 다물군이 패하고 말았다. 설오유가 목숨을 잃고 고연무와 백포정은 쫓긴 나머지 국경을 넘어 신라 땅으로 넘어왔다.

이에 법민은 설오유의 죽음을 슬퍼하고, 고연무 일행을 받아들여 안승이 거처하는 금마저에 집과 토지를 주어 정착하도록 했다. 이 소식은 당의 이치에게도 전해졌다. 이에 이치가 머리털이 곤두서도록 격노했다는 소문이 들림과 동시에 고간과 이근행에게 신라를 토벌하라는 칙명을 내렸다는 소식이 신라에까지 전해졌다.

"당의 황제 이치란 자는 그 생김새만큼이나 욕심이 많고 무례하기 짝이 없구나!"

법민의 입에서 이치를 탓하는 말이 튀어나왔다.

"신라 땅이 어디 제 놈의 요량대로 그처럼 녹록하기만 해서 치면 물러나고 밀면 들어가는 것이 아니라는 것을 이번 기회에 확실히 보여줘야겠구나."

법민은 혀를 차며 이치의 됨됨이를 다시 평가하지 않을 수 없었다. 그러나 법민의 이치에 대한 평가야 어찌 됐든 황제의 명을 받은 고간과 이근행은 전열(戰列)을 정비해서 정병 2만을 가려 뽑은 후 배에 태우고, 백제의 옛 땅인 굴내(屈奈: 전남 함평)에 도착했다. 이에 백성들은 크게 놀라고 당황한 나머지 달아나기에 바빴다.

"당나라의 만무방이들이 저처럼 나라의 남의 남역에까지 떼를 지어 나타났으니, 나라 전체에 과연 얼마나 많은 뙈놈들이 휩쓸고 다니겠는가? 참으로 끔찍하고 정나미가 떨어질 일이 아닐 수 없다."

사정을 자세히 알지도 못한 채 진저리를 치는 사람이 있는가 하면,

"신라의 국운도 여기서 끝장일세!"

라며 맞장구를 치는 사람도 있었다.

"내가 뭐라던가? 나라에서 하는 일을 보면 틀림없이 큰 사단이 날 것이라 하지 않던가? 이제 당의 대군이 물밀듯이 쳐들어왔으니, 빨리 도망해 목숨을 부지하는 것이 상책 중의 상책일세."

백성들은 나라를 탓했으며, 법민을 원망하기에 이르렀다. 민심이란 원래 그런 것이었으니, 누구를 탓하고 자시고 할 것도 없는 일이었다. 그 덕에 당군은 별로 싸워보지도 않은 채 동진(東進)을 계속해 한시성(韓始城)을 함락시킨 후 다시 마읍성(馬邑城: 전남 구례)까지 차지해버렸다. 그리고 백수성(白水城)이 멀지 않은 곳까지 전진했을 때 신라 군사들과 만나 대치하게 됐다. 백수성은 원래 섬진강변에 위치한 토성으

로 그곳이 함락되면 남으로는 거타주(居陀州: 경남 진주)가 위험했으며, 북으로는 거열주(居烈州: 경남 거창)가 위급한 지경에 놓이게 된 나머지 서라벌의 코밑까지 적이 파고든 것과 같았다.

이에 조정에서는 웅진을 멸하고 돌아온 죽지와 흠돌을 다시 대장군으로 삼아 급히 서쪽으로 내보냈으며, 또한 웅진부성에 남아 백성들을 진무하던 무수와 인수 두 형제 역시 백금서당과 장창당을 이끌고 남쪽으로 달려 내려왔고, 금마저에서 고구려 유민들을 모아 눌러 있던 안승도 친히 검모잠과 고연무, 다식 등을 이끌고 합세했다.

"이처럼 친히 군사들을 이끌고 우리를 도우러 오셨다니, 참으로 기쁘고 반갑기 짝이 없습니다. 대왕께서도 이 소식을 들으면 틀림없이 흡족해하실 것이옵니다."

죽지는 신라군을 대표해서 안승 일행에게 고마운 마음을 전했다. 말하자면, 안승이 자신의 뜻에 의해서 목숨이 위태로운 싸움터까지 스스로 나와 수고로움을 마다하지 않는 데 대해서 감사의 뜻을 전했던 것이다.

"장군께서는 별말씀을 다 하십니다. 과인으로서는 신라에 갚을 수 없는 커다란 성은을 입었는데,

어찌 어려운 일을 당한 것을 보고도 모른 척할 수 있겠습니까?"

작년에 이미 법민이 남쪽 지방에 보덕국을 세우고 안승을 왕으로 삼았기 때문에, 그는 한 나라의 임금 자격으로 예의를 갖춰 화답을 했다. 그 때문이었을까? 신라군과 옛 백제의 군사에 고구려 다물군으로 싸우던 군사들까지 서로 뜻과 마음이 어우러져 한마음으로 당군을 맞아 싸우니, 백수성 전투에서 세 나라의 연합군은 눈부신 전공을 세웠다. 싸움터에서 취한 당군의 수급만도 무려 5천여 두에 육박할 정도였으며, 노획한 말과 무기 또한 1만여 명을 무장시킬 만큼 이루 헤아릴 수 없을 정도였다. 특히 백금서당과 장창당을 이끈 무수와 인수 형제는 자신들을 받아들여 껴안아준 은공을 갚기라도 하려는 듯 누구보다 용감히 싸웠다. 그 공이 누구도 사족을 달아 시비를 걸 수 없을 정도였다.

이듬해(癸酉) 정월.

큰 별이 황룡사와 대궐의 중간에 떨어져 불이 붙었

다. 이에 백성들이 놀라고 당황한 나머지 한바탕 소동이 일어났다. 겨울이었는지라 불이 제법 크게 붙어 타다가 이윽고 꺼졌는데, 사람들이 뒤늦게 확인해 보니 커다란 바위가 놓여 있었다고 했다.

그즈음 법민은 강수에게 사찬의 벼슬을 내리고, 해마다 조 200섬을 공복으로 받도록 하는 은전을 베풀었다. 이는 2년 전 강수가 당에 보내는 표문을 지어 보내 황제의 진노를 멈추게 했을 뿐 아니라 당군이 철수토록 한 데 대한 보답이었다. 조 200섬의 상급도 놀라운 것이었지만, 6두품 출신으로 사찬의 벼슬까지 오른 것도 매우 드물고 어려운 일에 다름 아니었다.

2월에는 서형산성(西兄山城)을 크게 늘려 증축하는 일을 시작했다. 또한 요사스런 별 요성(妖星: 재해의 증조로 나타난다고 믿었던 혜성(彗星)이나 큰 유성(流星))이 나타났으며, 3월에는 큰 지진이 일어나 백성들이 다시 혼비백산하는 일이 벌어져 야단법석을 떨었다.

법민은 그러잖아도 작년부터 계속되는 여러 변괴에 마음이 쓰였는데 연이어 괴변이 나타나자, 심히 걱정하는 바가 클 수밖에 없었다. 해괴하고 불길한 소문과 함께 태대각간 유신에 대한 풍문도 덧붙여져서 괴이한 일이 생길 때마다 가슴이 철렁 내려앉곤 했다.

3월 중순.

어느 날 왜에서 사신이 왔음을 중시 예원이 알렸다.

"어서 들라 이르시오."

법민은 즉시 왜의 사신을 만나겠다는 뜻을 알렸다.

"소신 안두련지덕(安斗連智德) 대왕 전하께 문후를 올립니다. 왜의 천황에 새롭게 즉위하신 원영진인(原瀛眞人)께서 대왕께 등극을 알려 드리라며 소인을 보내셨기에 이처럼 사신으로 이르러와 대왕 전하를 친견하옵니다."

왜의 사신은 바닥에 머리가 닿도록 예를 갖추어 말했다.

"원영진인이라니, 과연 왜국의 어느 황자를 이르는 것이오?"

법민은 왜국의 사정에 어두운지라 되묻지 않을 수 없었다.

"소신이 아뢰는 황자는 대해인 황자를 이르는 것이옵니다."

"대해인이 왜의 천황이 되었다?"

법민은 비로소 크게 놀라 되물었다.

"그러하옵니다, 대왕 전하."

"흐음, 그러한 일이 있었단 말이오?"

법민은 여전히 아리송한 얼굴을 했다. 도무지 믿을 수가 없었기 때문이다. 대해인이라면 옛 고구려의 연개소문이 왜에 건너가 새롭게 얻은 이름으로 알고 있었을 뿐인지라, 그가 천황의 보위를 물려받았다는 사실을 믿기에는 어딘지 석연찮은 점이 있었기 때문이다. 더구나 왜국의 정치 상황이나 선대의 천황에게 어떤 황자들이 있어서 보위를 다투었는지 내막을 세심히 알 수 없는 법민으로서는, 어찌 이처럼 갑작스런 결과가 만들어졌는지 전혀 짐작할 수 없었다.

왜의 사신이 다시 입을 열었다.

"소신의 천황께서는 신라국의 대왕 전하께서 마땅히 일의 전말에 궁금함을 여의치 못하실 것을 염려하셨습니다. 천황께서 말씀하시기를 "대해인 황자가 보위를 이어받았다."라고 전해 올리면, 전하께서 과연 누구를 일컫는 것인지 비로소 깨달으실 것이라 말씀하셨습니다."

"참으로 감축할 일이로다!"

그제서야 법민은 사신이 보는 앞인지라 뒤늦게 축하의 뜻을 전했다. 더불어 개소문이 절치부심 기회를 노리던 중 어렵게 왜의 천황에 오를 수 있는 계기를 마련한 것이라 짐작했다.

"그동안 소신의 역내(域內: 일본 열도)에서는 임신(壬申)의 난이라는 내란을 치렀습니다. 대해인께서는 이때 있었던 어지러운 난을 통해 중대형천황(천지)과 크게 다툼을 벌인 나머지 보위에 오르게 됐습니다. 이런 기쁜 소식을 전해 드리는 소신은 참으로 영광스럽고 자랑스럽기 그지없사옵니다."

법민은 사신의 말을 들으며 천천히 고개를 끄덕였다. 그가 말하는 내용이란, 왜의 내부에 백제와 고구려 세력 간에 치열한 다툼이 있었으나 결국 고구려계인 대해인이 승리해 천황의 보위를 쟁취했다는 뜻에 다름 아니었다. 그제서야 법민은 작년 가을에 대해인으로부터 급한 전갈을 받고 서둘러 사찬 김압실(金押實)을 장수로 삼아 1만여 명에 달하는 군사를 왜국에 보냈던 일을 떠올렸다.

더불어 법민은 5년 전 연개소문이 서찰에 적어 보냈던 간청을 기꺼이 해결하기 위해서, 도행이라는 승려를 선발해 은밀히 왜에 보내 초치검을 훔치도록 했던 일도 떠올렸다. 비록 그 일이 실패하고 유야무야 되고 말았지만, 법민으로서는 개소문의 청한 바를 기꺼이 들어주기 위해 마음을 써서 노력했기 때문에 지금 그가 천황에 등극했다는 소식을 듣고는 감회가 새로울 수밖에 없었다. 만일의 경우, 앞으로 당의 핍박이 계속되더라도 배후에 든든한 세력이 건재함으로써 크게 마음을 놓을 수 있게 된 것이다.

6월에 들어 난데없이 커다란 호랑이 한 마리가 대궐 뜰에 나타나 어슬렁댔다. 하필이면, 처음 본 사람이 내관 중의 하나였는지라 그만 소스라치게 놀라고 말았다.

"으악!"

그는 괴상한 소리를 지르며 중신들이 모여 있는 편전으로 뛰어들었다. 이에 중신들 여럿이 돌아가며 물었다.

"무신 일인가?"

"어찌 임금을 모시는 내관으로서 이처럼 호들갑을 떨며 경망스러운가?"

"어찌 된 일인지 말을 해야 할 것 아닌가?"

누구나 나무라기를 마다하지 않았다. 그러나 내관은 여전히 사색이 돼 손을 겨우 들어 밖을 가리켰다.

"호~ 호……."

같은 말만 되풀이 할 뿐이었다. 그때 법민의 뒤에

시립해 있던 광길이 뭔가 이상한 낌새를 눈치 채고 쏜살같이 밖으로 뛰쳐나갔다. 그때까지도 호랑이는 도망갈 생각조차 없다는 듯 유유히 어슬렁거리고 있었다. 이에 광길이 편전 쪽으로 이르는 길을 막는 한편 급히 왕궁을 지키는 궁수들을 불러 겨우 사로잡을 수 있었다. 이윽고 어수선했던 편전의 분위기가 가라앉고 난 후 중시가 아뢰었다.

"대왕 전하, 당의 사정이 몹시 곤궁하다 하옵니다."

"당나라에 무슨 일이 있음이오?"

예원의 말에 법민은 여러 조신들 앞인지라 예를 갖춰 물었다.

"그러하옵니다."

잠시 후 예원이 다시 입을 열었다.

"우선 토번(土蕃: 티베트)이 군사를 크게 일으켜 당나라에 쳐들어왔기에 공격을 받고 있는 중일 뿐만 아니라, 거란족의 반란으로 북쪽 정세가 몹시 어지럽다 하옵니다. 더구나 말갈로부터도 심한 거역과 반발을 사고 있어서 한 번의 명으로 그들을 일사불란하게 다스리기가 매우 어려운 지경에 처해있다 하옵니다."

"그렇다면 당의 북방 전역에 걸쳐 심히 시끄럽다

는 얘기에 다름 아니잖소?"

법민이 다시 물었다.

"실은 그 때문에 당의 이름난 장수들이 거의 북쪽 변방의 소요에 매달려 있사옵고, 하루도 조용할 날이 없다 하옵니다."

중시의 대답에 법민이 한동안 생각한 끝에 다시 말을 이었다.

"당의 북쪽이 그처럼 어지럽다면 어찌 됐든 우리로서는 다행한 일이 아니오?"

"그러하옵니다, 대왕 전하."

이로써 당분간은 당으로부터 압력을 받지 않을 것이라는 생각이 들었다. 그러나 북방의 소요가 언제 다시 가라앉아 당의 핍박이 언제 다시 시작될지 아무도 알 수 없었기에 변방의 성곽을 튼튼히 보수하고 무기를 만들어 군사들을 조련시키는 등 필요한 모든 조치를 취했다.

그로부터 며칠이 흐른 어느 날이었다.

법민이 잠깐 짬을 내서 내전으로 발걸음 하다 마침 내관을 불러 얘기하고 있던 자의왕비와 마주쳤다.

"태대각간께서 병환이 더욱 깊어지셨다 하옵니다."

"무엇이라 하셨소?"

왕비의 말에 법민은 크게 놀라 되물었다.

"태대각간 댁에서 기별을 보내왔는데, 조금 나아지는 것 같던 유신공의 병환이 오히려 무거워져서 자리를 보존하게 됐다는 소식이옵니다."

법민은 왕비에게 태대각간의 병환을 유심히 지켜보며 병환에 차도가 있는지 잘 살펴보라는 당부를 일러둔 적이 있었으므로, 이때에 이르러 병세가 호전되지 않고 악화됐다는 소식을 듣고 실망과 낙담을 금할 수 없었다.

"내관은 듣거라!"

법민은 즉시 내관에게 일러 어가(御駕)를 준비토록 했다.

"너는 즉시 편전으로 나가 조정 중신들에게 이르되, 과인이 직접 태대각간의 병문안을 갈 것인즉, 모두 따르도록 일러라. 알겠느냐?"

"대왕 전하께서 태대각간의 사저(私邸)로 납신다는 말씀이옵니까?"

내관이 되물었다. 그 이유는 대왕의 행차가 어디를 향할 것인지 미리 알아야 했기 때문이다.

"과인에게 있어서 태대각간은 나라의 기둥과 다름

없고, 신라 만백성의 어버이와 같은 분이시다. 더구나 사사로운 인연으로는 과인의 큰 외숙이 되시는 분이니, 어찌 병환이 더욱 깊어지는 것을 보고만 있을 수 있겠느냐?"

"대왕의 명을 받들겠나이다."

법민은 서둘러 유신의 집으로 달려갔다. 어가가 움직이는 동안에도 법민의 마음은 여전히 불안하기만 할 뿐 결코 밝아지지 않았다.

며칠 전에는 황룡사 법당에서 큰 외숙의 병이 완쾌하기를 기도하고 있는데 한차례 광풍이 불더니 난데없이 하얀 백마가 자신의 앞으로 뛰어들었다. 경황 중에도 눈을 씻고 자세히 살피니 마상(馬上)에 장수 한 사람이 앉아 있었으나 도무지 누구인지 알아볼 수 없었다.

"그대는 과연 누구요?"

법민이 큰소리로 물었다.

"나는 유신의 신변을 따라다니며 보호하던 음병(陰兵)의 장수인데, 이제 유신의 명이 다했으므로 임무를 끝내고 돌아가는 길이오."

말을 마친 그가 번개처럼 백설총이를 몰아 처음 나타났던 문으로 사라졌다. 마치 꿈속인 듯 몽롱한

가운데 겪은 그 일로 인해서 법민의 심기가 몹시 어지러웠다. 더구나 삼사일 전에는 군졸들의 의복을 걸치고, 무기를 든 수십 명의 사람들이 엉엉 울며 유신의 집에서 나와 갑자기 한꺼번에 사라지더라는 소문까지 돌았다.

이에 측근이 그 영문을 유신에게 물었더니,

"이는 여태껏 나를 돌보던 음병들이 나의 천수(天壽)가 다했음을 알고 내게서 떠난 것이니, 나 또한 곧 죽을 것이다."

라고 태연히 말하더라는 것이었다. 이러한 일련의 일들이 결코 좋은 일이라는 느낌이 들지 않는 까닭에 유신의 집으로 향하는 법민의 발길 역시 가볍지 않았다. 신하들과 함께 유신의 집에 이르러보니 주인이 병환중이라는 것을 알려주듯 보이는 것마다 예사롭게 보이지 않았을 뿐만 아니라 마음이 또한 무겁게 내려앉은 때문인지 지소 부인의 표정도 결코 밝아 보이지 않았다. 법민은 태대각간이 누워있는 방으로 안내됐다. 엎어지듯 병자 곁으로 다가가 그의 손을 모아 쥐고 말했다.

"외숙께서는 어찌 이처럼 누워 계십니까?"

법민은 일부러 시치미를 떼고 물었다.

“신이 대왕의 수족이 돼 오래도록 보필하며 섬기려 했으나 그만 이처럼 몸에 병이 들어 바라던 소임을 다할 수 없게 됐으니, 오늘 이후로는 두 번 다시 대왕 전하의 용안을 우러러볼 수 없겠습니다.”

유신이 자리에 누운 채 말했다. 마치 자신의 죽음을 이미 예감한 듯 초연하고 흔연히 들리는지라, 법민은 일시에 복받치는 슬픔을 억누르지 못해 울음을 터뜨리고 말았다.

“큰 외숙께서 옆에 계시어 마치 물고기가 물 안에서 노니는 것과 같았는데, 이제 백성들은 누구를 믿으며 또한 나라의 사직은 과연 어찌한단 말씀입니까?”

법민은 주위의 신하들도 의식하지 않은 채 손등으로 하염없이 흐르는 눈물을 씻어내며 사사로운 인연을 들어 안타까움을 말했다. 늙고 쇠잔해진 나머지 병석에 누워 자신을 맞는 외숙을 대하자 모든 세상사가 덧없음을 실감해야 했던 것이다. 이에 유신이 힘들여 몸을 일으킨 뒤 차분한 음성으로 입을 열었다.

“신이 용렬하고 불초하온데, 어찌 나라의 일에 도움이 되겠습니까? 오직 다행스럽게도 현명하신 임금께서 신을 거두시고 등용하셨으며, 의심하지 않고 일을 맡기셨기에 대왕의 밝은 덕에 힘입어 티끌과 같은 공을 이루게 된 것이옵니다. 지금 삼한이 일가(一家)되고 백성들이 두 마음을 가지지 아니하니, 비록 태평성대에는 이르지 못했다 할 수 있으나 소강(小康)이라고 할만 합니다."

"그 모두가 태대각간의 은덕이 아니고 무엇이겠습니까?"

이에 유신이 마치 유언을 남기듯 몇 가지를 들어 말했다. 첫째는 나라의 임금으로서 정사를 그르치는 일 없이 백성들을 잘 보살피라는 것과 공을 이루는 것이 쉽지 않으며, 또한 한 번 이룬 공을 수성하는 것은 더욱 어려운 일이니 각별히 염두에 두라는 부탁이었다. 이와 더불어 정사를 펼치는데 있어서도 소인배를 멀리하고 군자를 가까이하여 위로는 조정을 화목하게 하고 아래로는 백성은 물론이고 하찮은 가축에 이르기까지 편안토록 해달라는 부탁을 잊지 않았다.

"삼한일통의 위업을 여실히 지켜 역사의 수레바퀴에 영원히 이름을 남기기 위해서는 무엇보다도 인재를 등용하는 데 있어서 공정함을 유지하고 소인배들의 농간에 흔들리지 말아야 할 것이옵니다."

법민이 유신을 사사로운 인연을 들어 대한 반면, 그는 끝까지 군신의 예를 버리지 않았다.

"외숙의 말씀을 잊지 않고 잘 따르겠습니다."

법민은 한동안 유신의 옆에 앉아 슬픔을 가누지 못한 채 울음을 멈추지 않았다. 병이 깊어져 죽어가면서까지 오직 백성과 나라의 사직을 걱정하는 그의 마음이 충성스럽고 깊었기 때문이다. 그러나 법민의 기구와 만백성들의 염원에도 아랑곳없이 유신은 기어이 숨을 거두고 말았다. 칠월 초하루였다. 법민으로서는 만고에 다시없는 충신에 훌륭한 장수를 동시에 잃었음은 물론이며, 백성들에게는 친어버이처럼 믿고 의지하던 인자한 기둥을 잃은 것과 같았으니, 온 나라가 깊은 슬픔에 빠져 헤어날 수 없었다.

당과의 일전

갑술(甲戌)년(법민왕 14년, 서기 674년) 정월.

당나라에 들어가 숙위(宿衛)하던 대나마 덕복(德福)이 돌아왔다. 역술(曆術)을 새로 배웠다 하여 법민이 직접 들어보니, 자못 편리하고 이치에도 마땅한지라 조정에서부터 새로운 역법으로 고쳐 사용하도록 했다. 당과 일전불사를 외치며 대 회전(會戰)을 준비하고 있는 법민이었지만 새로운 문물을 받아들이고, 도리와 이치에 어긋나지 않는 이로운 점은 스스럼없이 수용하는 아량도 가지고 있었다.

2월에는 궁궐의 동쪽에 커다란 연못을 파고 섬을 만들어 기화요초(琪花瑤草)를 심고, 진금이수(珍禽異獸)를 기르게 했는데 진기한 새들이 날아들어 함께 노닐었다. 이는 원래 월지(月池)라는 작은 못에 불과했던 것을 크게 공역을 일으켜 연못을 깊고 넓게 만들어 물 위에 세 개의 섬을 조성한 것이었다. 또한 서로의 크기가 각자 다를 뿐만 아니라 윤곽을 이루는 호안(湖岸)의 선이 극히 자연스럽고 아름다우며 그 모습이 장관을 이룰 만큼 풍광 역시 수려해졌다. 동쪽과 북쪽의 호안에는 무산(武山) 12봉을 상징하는 언덕들을 잇달아 만들어, 마치 선녀들이 사는 선경을 보는 듯했다.

법민은 웅진을 장악하고 난 뒤에도 여전히 고구려 땅의 도호부를 뒤로하고 신라로 넘어오는 유민들을 받아들이며, 그들에게 터전을 마련해줘 더불어 살 수 있는 길을 모색하는 일을 계속했다. 삼한의 백성이라면 백제나 고구려를 막론하고 어느 쪽 유민이든 구별하지 않은 채 따뜻이 맞아, 마침내 삼한일통의 대업을 이룩하려는 원대한 뜻에서 비롯된 위민보국(爲民保國)의 위대한 정책에 다름 아니었다.

이 소식은 마침내 당나라까지 전해졌고, 급기야 이치를 크게 노하게 했다. 이에 이치는 기왕에 법민에게 내려줬던 '개부의동삼사 상주국 낙랑군왕 신라왕'이라는 당나라 관작(官爵)을 삭탈하기에 이르렀다. 아울러 당나라에 머물고 있던 인문에게 '우효위

원외대장군(右驍衛圓外大將軍) 임해군공(臨海郡公)'의 벼슬과 함께 그를 신라왕으로 삼아 귀국하게 하고, '좌서자동중서문하삼품(左庶子同中書門下三品)' 유인궤(劉仁軌)를 계림도대총관으로 삼고, 위위경(衛尉卿) 이필(李弼), 우령군대장군(右領軍大將軍) 이근행으로 보좌하게 한 뒤 다시 조헌과 설방 등을 장수로 삼아 군사를 일으켜 공격하도록 했다.

인문이 법민의 친동생이라는 것은 천하가 다 알고 있는 사실이기에 이치가 얼마나 악랄한 독수를 휘둘렀는지를 능히 짐작할 수 있는 일이었다. 인문은 크게 당황한 나머지 황제 앞으로 나아가 머리를 조아리며 말했다.

"폐하께서는 마땅히 명을 거두어 주소서. 어찌 그 아우로 하여금 형을 치도록 하는 패륜을 저지르게 하십니까?"

인문으로서는 참으로 억장이 무너지고 눈앞이 캄캄해지지 않을 수 없는 일이었다. 자신에게 당의 군사를 쥐여주며 신라를 치도록 하다니, 천하에 있을 수도 없는 일일 뿐 아니라 생각조차도 할 수 없는 일이었다. 기가 막힐 뿐이었다. 그러나 이치로서는 무후가 일러준 대로 할 수밖에 없었다.

그는 자신의 재량대로 국사를 재단하지 못할 처지가 된 지 이미 오래였다. 베갯머리에서 자신에게 간곡히 이르던 무후의 말을 떠올리며 인문에게 전하는 데도 한동안 애를 먹어야 했다.

"짐이 경에게 이르는 것은 충신으로서 역적을 마땅히 멸하는 것일 뿐, 아우에게 형을 치도록 하는 것이 아니오. 신라왕 법민의 죄는 이미 한마디의 말이나 글로서 모조리 밝히기도 힘들 지경이오. 그는 근자에 들어 웅진을 호시탐탐 욕심낸 나머지 멸하고 차지한 것도 모자라 당의 군사들을 해치고 신라로 숨어드는 고구려의 유민들을 스스로 받아들였을 뿐만 아니라 짐과 우리 대국을 섬기려는 충신을 가차없이 죽이기를 마치 당연한 듯 일삼고, 불충한 무리들을 꾀어 반역을 도모했소. 또한 나라 안의 여러 곳에 걸쳐 일시에 성을 쌓고 은밀히 군사들을 훈련시키며 우리와 대적할 마음을 품고 있다 하니, 어찌 그를 멸하지 않을 수 있겠소?"

몇 해 전 지방관으로 나가 있던 친당파 인물 수세가 반심(叛心)을 품고 당으로 빠져나가려던 것을 사전에 알고, 흠돌을 시켜 목을 벤 일이 있었다. 이치는 그 일까지 들먹이며 인문을 설득했다. 법민보다 3살아래인 인문은 당에 숙위하다 고구려를 평정할 때에 이르러 흠돌과 함께 신라 군사의 총지휘를 맡아 공을 세운 나머지 대각간의 지위에 올랐으며, 또한 7차례에 걸쳐 20여 년간 당에 머물며 이치의 대 신라 정책뿐만 아니라 당의 북쪽 변방에 대한 정략적인 판단에도 깊이 관여해온 터였다. 이치의 절대적인 신임을 받고 있었던 것이다. 그러나 인문은 아무리 이치가 사주한다 하더라도 형의 왕위를 감히 넘볼 수 없었으며, 그럴 생각조차도 가지지 않을 정도로 심지가 곧고 성정이 맑았다. 또 공자를 비롯해 장자, 노자, 불교 서적을 섭렵해 학문과 인품이 빼어났을 뿐 아니라, 활쏘기와 검법, 그리고 말타기에도 능숙해 문무를 겸비한 당대의 호걸로 신라에서는 물론 당나라에서까지 만인의 폭넓은 추앙을 받고 있었다. 이 때문에 당의 이치 역시 그의 인품에 반한 나머지 칭찬을 아끼지 않았다.

"인수(仁樹: 인문의 자(字))야말로 한 나라를 경략(經略)하는데 부족함이 없을 정도로 지와 덕을 갖추었을 뿐만 아니라 용맹스러운 나머지 만인의 추앙을 받으니, 이는 선제(태종 이세민)의 일과 사뭇 비견(比肩)할 만 하오. 대저 세상에는 형을 따를만한 아우가 없다고들 하지만 인수 형제를 살펴보면 반드시 그렇지도 않은 모양이오."

당 태종이 형을 제치고 천하를 물려받았던 일과 그로 인해서 자신이 다시 그 위를 이어받았음을 상기시켜, 그를 가까이 두고 국사를 처리하는 데 있어 그의 의견을 십분 따르곤 했던 것이다. 인문은 이치가 자신을 극히 신뢰하고 있음을 누구보다도 잘 알고 있었다. 그래서 어떻게든 이치의 뜻을 되돌리기 위해 엎드려 전후의 사정을 설명하기를 멈추지 않았다.

자신이 알고 있기로 웅진을 아우른 일은 부여융과 흑치상지가 먼저 취리산(就利山)의 맹약을 깨뜨렸으므로 그에 대처하기 위한 골육지책이었을 뿐이며, 고구려의 유민을 받아들여 폐하의 심기를 어지럽힌 일도 실은 법민왕이 천하 백성들을 따뜻이 맞아들여 감싸 안으시는 황제의 은덕을 받들어 따르며 행했을 뿐이지, 결코 불충한 저의가 아니었음을 분명히 밝혔다. 더구나 법민왕은 웅진을 아우른 일로 폐하께서 내려 보낸 고간과 이근행의 군사들을 맞아 책망을 받은 나머지 극구 사죄하는 표문을 올려 충성을 맹세했으며, 이에 황제께서는 이미 그를 용서해 가납하신 일이 있사온데, 어찌 한 번 용서한 일을 다시 거론하여 죄주려 하십니까? 라며 따져 물었다.

"아직 고구려 땅 전역이 반역하는 무리들에 의해 여전히 시끄러울 뿐만 아니라 북방의 돌궐과 서쪽의 토번(吐蕃: 티베트)으로 인해 대국의 정세도 안정되지 않았는데, 신라에까지 군사들을 내신다면 이 또한 성공을 장담할 수 있을지 심히 염려되옵니다. 그러한 관계로 신이 신라에 사람을 보내 전후 사정을 알아볼 수 있도록 약간의 말미를 주소서. 만에 하나 사실이 그렇지 않은데 어렵게 군사를 내어 신라를 치신 연후에 공연한 오해였음이 밝혀지면 그 또한 폐하의 드높은 명성에 누를 끼치게 될 것이며, 손실이 막중할 것이옵니다."

이는 당장 신라를 향해 쳐들어가려는 당의 대군을 일단 막음으로써 법민에게 시간적인 여유를 주려는 속셈이었다. 인문의 간청에 이치는 어렵게 말미를 주기에 이르렀다. 헌데 고작 두어 달에 불과할 뿐이었다. 그러나 어쨌든 어렵게 당의 출정군(出征軍)의 발길을 막은 인문은 즉시 신라로 사람을 보내 발등에 떨어진 위급한 상황을 알리고 대비책을 세우도록 했다.

"대각간(인문)께서는 당 황제의 노여움을 익히 알고 있는지라 크게 걱정한 나머지 소인에게 일러 서둘러 신라에서 대비책을 마련할 수 있도록 전해 올리게 하였사옵니다. 당주의 토벌군이 신라를 향해 출진(出陣)하려는 것을 대각간께서 잠시 말미를 얻은 것으로 알고 있사옵니다."

현지에서의 급박한 사정을 하나하나 설명하고 난 뒤, 인문이 보낸 사자가 법민 앞에 이르러 머리를 조아린 채 말했다. 그러나 법민의 반응은 의외로 침착했다.

"언제 싸우더라도 한번은 당과 일전을 불사해야 할 것이다. 다만 그리된다면 당에 유학을 가 있는 신라의 젊은 인재들의 안위와 인수 또한 운신의 폭이 좁아질 수밖에 없을 터인즉, 그것이 참으로 고약하고 쉽게 선택할 수 없는 일일 뿐이다."

법민은 이미 각오를 했는지라 별로 당황하는 기색이 없었다. 다만, 일이 터진다면 당에 인질이 될 국학의 여러 학생들과 동생 인문이 걱정될 뿐이었다.

"돌아가거든 인수에게 전하라. 과인의 뜻은 당의 속국이 돼 저들에게 복종하는 것에 있지 않고, 선왕께서 크게 뜻을 일으켜 세우신 바와 같이, 삼한을 아우르고 백성들이 한데 뭉쳐 올바르고 떳떳하게 살아갈 수 있도록 만드는데 그 목적이 있으므로, 만일 당나라가 이를 방해한다면 언제 싸워도 한 번은 서로 싸워 결말을 봐야 할 것이다. 선왕께서 돌아가셨을 무렵, 인문이 과인과 긴하고 깊은 얘기를 나눈 적이 있으니, 네가 돌아가 인수에게 과인의 이런 뜻을 전한다면 인수 역시 과인의 깊은 마음을 미루어 짐작하고도 남을 것이다."

법민은 그 말을 끝으로 인문의 사자(使者)를 돌려보냈다. 무엇보다도 이는 자신의 확고한 뜻을 다시 인문에게 명확히 되짚어줌과 동시에 또한 인문을 그만큼 믿고 있음에 다름이 아니라는 뜻이었다. 인문은 그 나름으로 당에서 군사들이 쳐들어오는 것을 막기에 안간힘을 쏟고 있었으며, 법민은 또 스스로 당과 싸울 차비를 서두르는 형국이 될 수밖에 없었다. 그러한 노력들이 다소 성공을 거둬 당군의 출정을 일단 미룰 수 있었다는 이면에는 법민 자신과 인문의 공을 결코 무시할 수 없었다. 다른 한편으로는 요동의 안시성을 중심으로 크게 세를 얻은 다물군의 위세로 인해 당의 사정 또한 쉽게 군사를 낼 수 있는 형편이 되지 않았으며, 동모산(東牟山: 길림성 돈화시 부근의 성산자산성(城山子山城)으로 비정됨) 일대에서는 대중상(大仲象)이라는 자가 크게 떨쳐 일어나 막강한 세력을 형성하며 당을 위협하고 있는 것도 한몫했다. 그는 당나라 세력이 완전히 미치지 못하는 틈을 노려 거란과 말갈 사이의 송화강(松花江)과 홀한수(忽汗水)의 넓고 비옥한 땅을 근거지로 삼아 새로운 세력을 형성한 뒤 후고구려를 세우고 스스로 황제라 칭하며 당을 위협하고 있었다. 이에 당의 이치는 신라를 치기 위해 대군을 준비시켰던 군사들의 대부분을 요동 북방으로 급파해 우선 급한 불부터 서둘러 끄려 했다. 이로써 신라와 당의 관계는 소강상태를 맞아 다소 조용해졌다.

가을 들어 큰바람이 불어 황룡사(皇龍寺)의 불전(佛殿)을 무너뜨렸다는 소식이 들려왔다. 법민은 광길로 하여금 즉시 상황을 살펴 알아보라고 일렀다.

'이 역시 불길한 징조임에는 틀림없었다.'

법민으로서는 당나라와의 일에 있어서 뭔가 불길함을 예고해주는 일이 아닌지 근심이 됐다. 어쨌든 당과의 일전은 이미 시작된 것이나 마찬가지였다. 어찌 저들의 음모를 분쇄하지 않은 채 삼한일통의 대업을 이룰 수 있겠는가.

말하자면, 지금의 상황은 다소 조용해졌을 뿐, 언젠

가는 맞부딪쳐야 한다는 각오를 단단히 한 것이다. 그 때문에 다소 시간을 얻었다는 사실을 천금 같은 기회로 여기고, 법민은 8월에 접어들자 서형산(西兄山) 영묘사(靈廟寺) 앞에서 크게 군사들을 사열했다. 이는 군사들의 사기를 진작시키려는 뜻도 있었지만 대아찬 설수진(薛秀眞)에 의해 새로 고안된 진법(陣法)을 직접 확인하고 독려하기 위한 것이었다.

"당이 구사하는 육화진(六花陣) 병법에 대항하기 위해서는 무엇보다도 저들의 진법을 능히 제압할 수 있는 필승의 새로운 진법을 개발해야 할 것이다. 그대는 과연 어떤 병법으로 저들의 진을 어지럽게 한 나머지 능히 이길 수 있음인가?"

법민이 설수진에게 물었다.

"소신이 오늘 선보이려는 병법은 바로 당의 육화진을 깨기 위해 심혈을 기울여 고안한 전법이옵니다. 당나라 군사들이 싸움터에서 흔히 육화진을 만들어 나오기를 자주 하는데, 소신이 지금부터 시범을 보일 새로운 진법으로 능히 저들을 물리칠 수 있을 것이옵니다."

"새로 고안했다는 그대의 병법은 과연 무엇이라 이르는가?"

법민이 다시 물었다.

"소신의 진법은 육진병법(六陳兵法)이라 명명하였사옵니다."

"허면, 그대가 새롭게 고안한 육진병법으로 당의 육화진을 능히 깨뜨릴 수 있는가?"

법민은 어딘지 모르게 호기심이 일었다. 때문에 병법의 고안자인 설수진에게 되묻지 않을 수 없었다. 그럴 수밖에 없는 것이 당에서 주로 쓰는 육화진은 촉나라 승상 제갈량으로부터 비롯돼 쓰이기 시작한 팔진법(八陳法)를 변형시킨 진형(陣形)으로, 당태종 연간에 이르러 저들의 명장이라 일컫는 위국공 이정(李靖)이 처음으로 사용한 뒤 당의 단골 병진(兵陣)으로 쓰이고 있었다. 이는 보병의 방진(方陣)을 여섯 개의 독립된 집단으로 구성해 중앙의 1개 기병부대인 원진(圓陣)을 호위하듯 감싸고 나가는 진법인데, 마치 꽃잎이 중앙의 꽃술을 감싸고 있는 것처럼 생겼다 해서 붙여진 이름이었다. 말하자면 보병부대가 방진의 각 방향으로 뻗어나가 적을 몰아 전진해 크게 포위하면 중앙의 기병부대가 안으로 들어온 적을 무차별로 쳐 죽이는 전술에 다름 아니었다.

"능히 당의 병진을 무용지물로 만들 수 있사옵니

다."

설수진이 대답했다. 이에 법민이 그를 격려하며 말했다.

"그렇다면 어서 시범을 보이도록 하라!"

"명을 받들겠나이다!"

설수진이 이윽고 군사들이 정렬해 서 있는 넓은 빈터로 나아갔다. 그리고는 즉시 군령을 내려 군사들을 운용하기 시작했다. 지켜보는 사람으로 하여금 저절로 감탄과 탄성이 나올 정도로 자못 위용이 넘쳤다. 설수진의 군령에 따라 한마음 한뜻으로 절도를 살려 일사불란하게 모든 군사들이 동시에 움직이니, 든든하기가 이루 말로 형용할 수 없었다. 나가야 할 때 이윽고 나가며, 멎어야 할 때 역시 멎을 뿐만 아니라 또한 적절한 순간에 이르러 칼과 창을 휘두르며 활을 쏘고 필요할 때에 이르러 그물을 활짝 펴 던지니, 과연 천하에 이를 따를 진법이 없을 것만 같았다. 아울러 그 진용의 현란하고 변화무쌍하기가 마치 하늘에서 내려온 신군(神軍)과 다름없었다. 이에 지켜보는 여러 신하들과 법민은 간담이 서늘해짐을 여실히 느낄 수 있었다. 법민은 크게 만족하고 고무된 나머지 설수진을 불러 이르렀다.

"참으로, 천하에 다시 보기 힘든 훌륭한 진법이로다!"

"군사들을 훈련시켜 일당백의 용맹스런 대신라의 장졸로 만드는데 결코 나태해져서는 아니 될 것이다."

"여부가 있겠사옵니까? 대왕 전하."

설수진이 대답했다.

"참으로 수고하였느니라! 곧 당과의 일전이 있을 터이니, 각별히 병법을 연마해 후일에 대비해야 할 것이니라."

법민은 이미 당나라와의 대 회전을 피할 수 없을 것이라 예감하고 있었다.

아찬 설수진은 전대에 이미 충신이었던 설문보(薛門普)의 손자로, 문장이 뛰어났으며, 고구려의 다물군을 돕기 위해 1만의 원병을 이끌고 북쪽으로 나갔다가 억울하게 전사한 설오유의 형이기도 했다. 그는 무엇보다도 병법과 용병술에 탁월한 식견을 가지고 있었기 때문에 법민으로서도 그에게 배우고 깨우치는 바가 많았다.

가을이 깊어져 가는 9월.

법민은 의안법사(義安法師)를 대서성(大書省)으로 삼

고 안승을 보덕왕(報德王)으로 삼았다. 잠시 주춤하던 나당 관계가 다시 악화되기 시작한 것은 바로 그 즈음이었다. 그해 가을에 접어들자, 고구려 다물군을 평정하기 위해 당은 내주와 등주(산동반도)에서 수군을 내어 비사성(卑沙城) 일대의 여러 성들을 공격함과 동시에 군사들을 증파(增派)하여 다물군의 세를 꺾기 위해 혈안이 돼 있었다. 이에 장성(長成: 천리장성) 일대의 다물군들이 크게 패한 나머지 일부는 북쪽의 거란과 말갈 쪽으로 향하고, 또 일부는 쫓겨 달아나다가 바다를 통해 분분히 흩어졌는데, 그들 중 한패가 신라로 스며들었다. 이에 법민은 지금까지 그래왔듯이 여전히 다물군과 고구려 백성들을 거둬 들이는 일을 계속했다.

이에 당의 이치가 즉시 명을 내렸다.

"신라로 쫓겨 들어간 고구려의 흉악한 반도(叛徒)들을 모조리 사로잡아 즉시 당으로 압송하도록 하라."

법민이 이치의 요구를 순순히 들어줄 리가 없었다. 법민은 오히려 그들을 거두었을 뿐만 아니라 한술 더 떠서 안승에게 일러 금마저에 정착시키고 신라의 백성으로 눌러 살도록 배려를 아끼지 않았다.

이에 화가 난 이치는 인문을 '계림주대도독(鷄林州

大都督) 개부의동삼사(開府義同三司) 신라왕(新羅王)'으로 다시 책봉함과 동시에 귀국하도록 명을 내렸다. 아울러, 요동에서 금방 도착한 우상 유인궤와 위위경 이필, 우령대장군 이근행 등에게 급히 끌어모은 4만의 군사를 주며 말했다.

"경들은 마땅히 인문과 더불어 신라로 가되, 우선 법민을 붙잡고 그와 더불어 반역을 일삼은 무리들을 모조리 붙잡아 낙양으로 끌고 오도록 하라. 또한 인문으로 하여금 형을 대신해서 무사히 신라왕에 등극하는 것을 한 치의 착오도 없이 도와 차질 없이 시행토록 하라."

신라에 친당의 무리들이 다수 있음은 이미 알고 있는 터였으므로 그들을 이용해 신라의 혼란스러움을 유발하려는 이간책(離間策)에 다름 아니었다.

사태가 이쯤에 이르자, 제아무리 인문이라 하더라도 당주의 뜻을 마땅히 되돌릴 방법이 없음을 스스로 깨닫고, 우선 유인궤를 통해 당의 군사들이 신라를 향해 쳐들어가는 기일과 어디를 거쳐 어느 방향으로 가게 될 것인지 소상히 알아본 후 급히 사람을 시켜 법민에게 서찰을 전했다. 그것은 당군의 중요한 군사기밀에 다름 아니었으므로 만일 발각되기라도 한다면 인문의 당나라 작위는 물론이고 목숨까지도 위험했다. 인문의 그런 행위는 자신의 전부를 걸고 오직 조국 신라와 형을 돕겠다는 갸륵함의 발로였다.

"유인궤를 계림도 대총관, 이필과 이근행을 부대총관으로 삼아 신라를 공격하라는 명을 내렸다 하옵니다."

중시가 말했을 때 법민은 차라리 그뿐이라면 얼마든지 자신의 힘으로도 막아내고 겪어낼 수 있다고 생각했다.

"이미 당의 이치가 그런 수순을 밟을 것이라 짐작하고 있었소."

법민은 오히려 담담하게 받아들였다.

"아울러 대각간 인문공을 유인궤 등의 호위아래 귀국시킨 뒤에 신라의 왕으로 삼기 위해 책명을 내렸다 하옵니다."

"당의 이치라는 자의 하는 짓이 참으로 악랄하오."

그 말을 들은 법민은 아우로 하여금 그 형을 치도록 유도하는 이치의 악랄한 수법에 치를 떨었다. 같은 형제를 내세워 골육상잔을 유도함으로써 한편으로는 자신의 욕심을 마음껏 취하고 형제 사이의 불화를 자초하게 만들겠다는 술수에 다름 아니었던 것이다. 일찍이 당에 들어가 그가 내리는 태부경 벼슬을 받았을 당시 살이 찐 나머지 대책 없이 씰룩거리며 실로 끔찍하기만 하던 모습을 떠올리며 부르르 진저리를 쳐야 했다. 법민은 강수를 불러 새롭게 의지를 불태우며 말했다.

"차제에 우리 신라에서도 그의 허튼수작에 결코 놀아나지 않을 것이라는 점을 천하에 널리 알릴 필요가 있음이오."

법민도 지금까지 고수해오던 화전양면 정책을 버리고 전면적이고 확실하게 당과의 일전을 불사할 마음을 새롭게 다졌다.

"아우인 인문을 이용해서 우리를 치겠다는 것은 형제의 우애를 피로써 다스리겠다는 가히 극악무도한 독수를 휘두른 것에 다름 아니오. 이는 신라 땅을 천하의 의리도 없는 가혹한 증오의 땅으로 만들어 천리를 거슬리겠다는 술책이 아니고 무엇이겠소?"

"대왕 전하께서는 너무 심려치 마십시오. 인문공의 인물 됨됨이로 봤을 때 이치의 뜻대로는 되지는 않을 것이옵니다."

강수가 말했다.

"그렇긴 하오만 당장 백성들이 전화에 휩싸이게 되는 일도 그렇거니와 당에 유학 중인 젊은 인재들의 장래가 걱정이오."

법민은 크게 걱정되는 바가 없지 않았으나, 삼한일통의 대업 또한 결코 무시할 수 없는 일인지라 여전히 마음이 쓰이는 것을 어쩔 수 없었다.

그렇게 한 해가 또 가고 있었다.

친당파의 반란

을해(乙亥)년 법민왕 15년(서기 675년).

정월에 구리로 인장(印章)을 만들어 각 관청과 주, 군에 나누어주고 그것을 쓰도록 했다. 지금까지는 목각 인장을 사용했으나 가벼울 뿐만 아니라 쉽게 부서지고 마모된 나머지 오래 사용할 수가 없었으므로, 이때를 기해 나라 안의 모든 관청과 지방 관서에 이르기까지 새로운 인장을 사용토록 한 것이다.

그 해로부터 다음 해인 병자년 막바지에 이르는 2년이 신라로서는 운명의 성쇠(盛衰)를 다투는 중요한 시기였다. 당과 마지막이라 해도 좋을 일대 회전이 있었던 것이다.

법민이 인문으로부터 극비리에 서찰 한 통을 받는 것은 정월이 채 되기 전이었다. 내용인즉슨, 당나라 군사들이 서라벌을 토벌하라는 칙명을 받고 낙양을 출발했으며, 등주와 내주에서 배를 이용해 서라벌에 닿을 것인바, 정병과 지원군이 각각 얼마쯤 될 것이며, 그들이 어느 지점을 거쳐 어느 곳에 도착할 것인지, 또 그 시기는 어느 무렵이 될 것인즉 대비에 만전을 기하라는 내용이었다. 다시 말해 적의 군사 기일과 병력의 숫자, 그리고 동향 등을 그림을 덧붙여 소상히 설명하고 있었다. 이는 최상급의 비밀첩보 문서에 다름 아니었다. 인문으로서는 자신의 힘이 미치는 범위 내에서 혼신의 힘을 다해 당의 토벌군을 제지하려고 수단과 방법을 가리지 않았으나, 결국 불가피하게 당군이 신라 땅에 상륙하는 사단이 벌어졌으므로 어찌해서든 국난의 피해를 줄이기 위한 수단을 쓴 것이었다.

> 신에게는 대왕을 직접 보필하지 못하고 옆에서 도와드릴 수 없는 점이 안타까울 뿐, 다른 걱정은 추호도 없사옵니다. 따라서 대왕께서는 일통삼한의 뜻을 펼치시는 데 있어서 조금도 지체하실 필요가 없으니, 오직 대업을 완성하는데 전념하시옵소서. 신의 한 목숨은 기필코 보존하여 대왕의 심기를 어지럽히는

불상사를 저지르지 않을 것이옵니다.

인문의 서찰은 이렇게 끝맺고 있었다. 고국에 대한 충절이 오롯이 드러나 있을 뿐 아니라 인간적인 고뇌와 형제간의 굳은 우애를 절절히 느낄 수 있었다.

법민은 강수와 함께 편전에 마주앉아 밤이 늦도록 국사를 의논하고 있었다. 그는 멀리서나마 선택의 길을 걸을 수밖에 없는 아우의 처지를 십분 이해할 수 있었다. 이에 가슴속으로나마 그의 피나는 노고를 치하했다. 아울러 가슴 뭉클한 우애와 함께 연민의 정이 솟아 깊은 수심에 잠길 수밖에 없었다. 그러나 삼한일통의 대업을 완수해야 하는 절체절명의 명제 앞에 어떤 감정의 소회나 소용돌이도 참고 견뎌야만 했다.

법민은 인문의 서찰이 당도한 다음 날 추상처럼 엄히 일러 대당 전쟁에 나설 장수들을 지명했다. 그 면면을 보면 가히 700년을 유유히 이어온 신라의 사직을 굳건히 떠받쳐 통일을 이루기에 결코 손색이 없었다.

"천존 장군과 흠순 장군을 위시해 죽지, 품일, 흠돌, 천품, 문영, 군관, 그리고 강수를 새로이 신라의 구신(九臣)으로 삼으니, 이들 아홉 장수는 각자 전장에 나갔을 때 과인에게 품의(稟議)를 올려 허락을 받지 않고도 절도(節度)와 군령을 행사할 수 있으며, 진퇴를 자유롭게 결정할 수 있소이다. 만일 이들의 명을 어기는 자는 왕명을 어긴 것으로 간주될 것이니, 누구를 막론하고 마땅히 따라야 할 것이오."

법민은 천존과 흠순, 군관을 제외한 여섯 장수들과 군사를 이끌고 즉시 북진했다. 한산주에 이르러 헤아려보니, 신라군의 전체 숫자는 대략 8만여 명에 달했다. 여기에 칠중하에서 서로 만나기로 군기를 엄히 정해놓은 우수주(牛首州: 춘천)와 하슬라주(何瑟羅州: 강릉)의 군사가 각각 1만이니, 모두 합하면 거의 10만에 가까운 병력이었다.

신라 군사들의 편제를 살펴보자면, 진흥왕 때부터 정연한 체제를 갖추기 시작해 선왕 대에 이르기까지 정비를 거듭한 것으로, 그 위용이 이루 말로 형용할 수 없을 정도였다. 법민이 직접 거느리는 육정(六停)과 삼천당(三千幢)을 제외하고도 오주서당(五洲誓幢), 계금당(罽衿幢), 사천당(四千幢), 중당(仲幢), 백관당(百官幢), 경오종당(京五種幢), 만보당(萬步幢), 삼무당(三武幢), 개지극당(皆知戟幢) 등의 아홉 개의 당이 있었으며, 군사(軍師)가 직접 거느리는 군사당(軍師幢)도 포진하고 있었을 뿐만 아니라 이계당(二罽幢), 신삼천당(新三千幢) 등이 뒤를 받히고 있었다. 또한 이들 외에도 적을 맞아 싸움을 신속하고 효과적으로 진행하기 위해서 노당(弩幢: 궁수부대), 운제당(雲梯幢: 사다리부대), 충거당(衝車幢: 전투용 수레부대), 석투당(石投幢: 시석전에서 돌을 나르는 부대) 등을 따로 운용해 배후를 따르게 하고 있었다. 아울러 각 군사들의 갑옷에 녹색(綠色), 자색(紫色), 백색(白色), 비색(緋色), 황색(黃色), 흑색(黑色), 벽색(碧色), 적색(赤色), 청색(靑色) 등으로 물들인 반달모양 수식을 달아 이들을 구분했다.

또 금, 은, 동, 철로 방울을 만들되 크기를 정해 위계의 높고 낮음을 쉽게 구별할 수 있도록 말의 머리 장식에 이를 매달았다. 장군과 대감 이하는 맹수의 가죽과 사나운 날짐승의 깃으로 장식을 만들어 깃대 위에 꽂았는데, 이를 화(花)라고 했다. 각 당의 대감의 화는 큰 범의 뺨 가죽으로 그 길이가 9촌, 너비가 2촌 5푼에 이르렀다.

제감화(弟監花)는 곰의 뺨 가죽으로 길이가 8촌 5푼, 소감화(少監花)는 매의 깃을 사용했고, 대척화(大

尺花)는 소감과 그 크기가 같았다. 또한 군사당주(軍師幢主)는 큰 범의 꼬리, 군사감화(軍師監花)는 곰의 가슴가죽, 대장척당주화(大匠尺幢主花)는 곰의 어깨 가죽, 삼천당주화(三千幢主花)와 제착금당주화(諸着衿幢主花)는 큰 범의 꼬리로 서로 길이가 같았으며, 삼천감화(三千監花)는 매의 깃으로서 장식을 했다.

광길이 앞에 나와 꿇어앉으며 말했다.

"대왕 전하, 소신에게 이번 싸움에 직접 나아가 싸울 수 있도록 허락해주십시오."

법민이 고개를 들어 그를 내려다보니, 그 역시 갑옷을 갖추고 싸울 준비를 완벽하게 끝내고 있었다.

"너는 공을 세우려 하지 말고 과인을 보호하는 것이 어떠냐? 네가 과인을 충실히 보필함으로 인해 과인이 안전해질 수 있다면, 그 일 역시 크나큰 공이 아니겠느냐?"

그러나 광길의 의지 또한 굳었다.

"대왕 전하, 소신에게 공을 세울 수 있는 길을 부디 열어주시기 바라옵니다. 전하를 모시는 일도 막중한 일이오나, 큰 공을 세운 뒤에 다시 전하를 모셔도 결코 늦지 않을 것이옵니다. 더구나 이번 싸움을 뒤에서 그냥 흘려보낸다면 소신에게는 영원히 나라를 위하여 공을 세울 기회가 없을 것이옵니다. 부디, 가납하여 주십시오!"

광길은 한사코 직접 나가서 싸우겠다는 뜻을 굽히지 않았다. 이에 잠시 생각하던 법민이 이윽고 명을 내렸다.

"좋다! 네 뜻이 정녕 그렇다면 어디 한번 마음껏 기량을 떨쳐 보아라."

그리고는 설수진을 돌아보며 말했다.

"군사께서는 광길을 선봉부대에 배속(配屬)시켜 그 용맹스러움을 과인이 직접 볼 수 있도록 조치를 취해주시오."

이듬해(678년) 정월, 법민은 병부에 예속했던 선부서(船府署)를 하나의 독립된 기구로 발족시키고 해군(海軍)과 해운(海運) 부분을 맡아보도록 했다. 또 그 우두머리를 선부령(船府令)이라 해서 1인을 두고 선박에 관한 모든 것을 관리토록 했다.

해상세력의 우위를 점해서 나라의 안전과 발전을

한층 공고히 하겠다는 커다란 구상에 다름 아니었다. 아울러 좌, 우리방부(左, 右理方府)에 경을 1명씩 더 추가로 임명해 그 기능을 한층 더 강화했다. 또 북원소경(北原小京)을 설치하고 대아찬 오기(吳起)로 하여금 지키게 했다.

나아가 3월에는 대아찬 춘장(春長)을 중시로 삼았다. 또한 여름이 시작되는 것을 계기로 아찬 천훈(天訓)을 무진주(武珍州) 도독으로 삼았다. 외적들의 발호(跋扈)와 침입이 없으니 자연 나라 안이 두루 평온했다.

세월이 다시 흘러, 이듬해 봄, 중시 춘장(春長)이 병으로 인해 관직을 그만두게 돼 서불한(舒弗邯: 각간의 다른 이름) 천존을 중시로 삼았다. 천존은 이미 연로할 뿐만 아니라 친당파를 대표하는 중심인물로 중시라는 중책을 맡기기에는 마땅치 않았으나 그 임무를 능히 맡아 처리할만한 사람이 없었고, 귀족세력과의 갈등을 무마하기 위한 하나의 방편으로 그를 내세웠던 것이다.

"서불한께서는 제게 아버님과 같으며 또한 돌아가신 큰 외숙과 다를 바가 없으니, 제가 감히 군신의 도리를 차마 드러내놓고 하기가 매우 어렵습니다.

하오나 나라의 중시 자리란 막중한 바가 있어 한시도 비워둘 수 없는 일이며, 또한 그에 적합한 인물이 없으므로 당분간만이라도 맡아 국사를 돌봐주십시오."

법민은 천존에게 정중하게 부탁을 했다. 이는 천존이 이미 칠십을 넘긴 나이인지라 연로한 그에게 중책을 맡길 수밖에 없는 상황을 스스로 미안했기 때문이다. 아울러 친당파의 거두인 천존을 끌어들임으로써 저들의 반발을 무마할 수 있을 것이란 생각도 있었다.

"소신은 이미 팔순을 바라보는 늙은이로 국사를 능히 처리할 수 없는 입장이옵니다. 하오나 대왕께서 하명하시는 일인지라, 어찌 이 한 몸의 안위만을 생각할 수 있겠습니까?"

천존이 법민의 부탁을 받아들였다. 그러나 마지못해 어쩔 수 없이 수락하는 기색이 역력했다.

어떤 수단을 쓰든 당의 그늘에서 벗어나려는 법민으로서는 친당파의 수괴인 천존을 조정에 끌어들임으로써 저들이 자신의 반당 정책에 사사건건 반대하는 것에 쐐기를 박고 싶었다. 따라서 그에게 조정의 중책을 맡겨 나라 안에 자신의 정책에 반기를 들고

시비하려는 무리들의 성성한 발호를 사전에 차단하려고 했던 것이다.

봄이 지나고 여름이 갓 시작될 무렵이었다.

"대왕 전하, 소신의 직책을 거두어 주시옵소서."

중시 천존의 느닷없는 아룀에 법민은 깜짝 놀랐다.

"그것이 무슨 말씀이시오? 중시께서는 그 직책을 맡아 조정의 일을 돌본 것이 이제 겨우 몇 달밖에 안됐는데 직책을 거두라니, 어인 까닭이오?"

영문을 알 수 없는지라 자연 묻지 않을 수 없었다. 이에 천존이 입을 열어 말했다.

"소신은 그동안 여러 차례에 걸쳐 대왕 전하께 당나라와의 관계를 선대 임금의 시절처럼 회복해 두 나라 사이가 마치 물과 고기처럼 복원된 나머지 태종 임금 연대처럼 가깝게 지낼 수 있도록 계기를 만들어 주기를 연이어 주청(奏請)드렸습니다. 하오나 전하께서는 여전히 귀를 기울이지 않을 뿐만 아니라 오히려 친당파로 분류되는 중신들을 핍박한 나머지 그들을 자리에서 몰아내고 새로운 인재를 등용한다 하시며 백제와 고구려의 옛 신하들을 요직에 기용하기에 이르렀사옵니다. 그 탓으로 소신이 나라의 중책을 맡고 있다하나 더 이상 조정 대신들의 의견을 묵살하기 힘든 상황에 이르렀으니, 어찌 소신이 나라의 중시로서 대왕 전하를 보필해 국사를 왈가왈부할 수 있겠사옵니까? 부디 소신의 면직을 허락해 주시기 바라옵니다."

"서불한께서 당과 긴밀한 관계를 유지하고 또한 저들의 정책에 귀를 기울여 달라는 청을 과인이 이미 수차례 받은 적이 있었으나, 그 일은 과인의 관심에서 이미 벗어난 일이기에 서불한의 청을 듣지 않았던 것으로 여겼던 게 사실이오. 당에서 하는 일이란 사사건건 삼한 땅에 대한 무모한 내정 간섭에 우리 신라와 과인의 뜻에 어긋날 뿐이니, 어찌 과인이 중시의 말을 따를 수 있었겠소?"

법민은 완곡하게나마 천존의 말에 따를 수 없었던 이유를 분명히 짚어 주었다.

"당의 황제와 대왕 사이에 그처럼 쉽게 메워질 수 없을 정도로 골이 깊을 뿐이니, 어찌 소신으로서 더 이상 국사에 관여할 수 있겠습니까? 너그러운 성총(聖聰)으로 소신의 퇴로를 열어주시기 바랍니다. 소신은 이미 늙어 대왕 전하를 곁에서 가까이 모신다

한들 오히려 짐이 될 뿐이오니, 마땅히 소신의 청을 가납하여 주십시오.”

천존은 벼슬에서 물러나 남은 여생을 조용히 지내고 싶다는 뜻을 굽히지 않았다.

“경과 과인이 서로 생각하는 바가 다르고 지향하려는 뜻이 그와 같이 한곳으로 모아지지 않으니, 서불한께서 중책에서 벗어나 노후를 편안하게 보내시는 것도 결코 나쁘지 않을 것입니다.”

법민은 마지못한 듯 그의 사직을 윤허해주었다.

그러나 천존이 중시에서 물러난 후 문제가 불거지기 시작했다. 그가 친당파들을 규합해 세력을 만든 후 조정에 정식으로 반기를 들어 대항해 온 것이다. 참으로 난감하고 어이없는 일이었다.

친당파를 구성하고 있는 인물들의 면면을 살펴보자면 천존을 위시해 파진찬 흥원, 대아찬 진공(眞功)과 조정의 여러 중신들이 포함돼 있었다. 거기에 예전에 고위 관직에 있었던 자들까지도 다수 참여하고 있었다. 심지어 태자 정명의 아내인 태자비의 아버지 흠돌과 정예군의 지휘자로 당(幢)을 이끌고 있던 장수 군관(軍官)까지 저들과 합세해 있다는 소문이 들렸다. 저들에 대한 법민의 섭섭한 마음은 차치하더라도 결코 무시할 수 없는 세력을 형성했다고 판단할 수밖에 없었다.

'어찌 저들의 무모한 행위를 그대로 두고 볼 수 있음인가?'

법민은 심사숙고할 수밖에 없었다. 그러나 그들은 법민의 고민은 아랑곳하지 않은 채 급히 무리들을 끌어모은 나머지 법민의 당나라 정책에 정면으로 반기를 들어 저항할 뿐 아니라 마침내 서라벌 남쪽 우지산 자락에 진을 쌓고 반기를 들기에 이른다. 나라의 신령스러운 곳으로 소문이 난 우지산 자락이 역도들이 활개치는 본거지로 변해버리고 만 것이다. 이에 법민은 즉시 바다 건너 왜에 급사(急使)를 보내 반군을 소탕하기 위한 구원을 요청했다. 신라의 군사들만으로도 능히 반란군을 제압하고 사태를 수습할 수 있었지만, 반란을 일으킨 무리들이 한 나라의 백성에 다름없는지라 서로 마주 보며 싸우게 되는 상황을 피하기 위한 것이었다. 아울러 백성들이 놀란 나머지 민심이 흐트러지고 크게 흔들려 동요되는 것을 막아보려는 깊은 뜻도 있었다.

천존을 따르는 반란군의 무리들은 친당파 대신들과 구귀족 세력을 포함해 거의 백여 명에 달했다.

또한 그들의 가노(家奴)와 사병까지 합치면 거의 만여 명에 가까웠다. 결코 무시할 수 없는 규모였다. 그렇다고 그대로 방치할 수도 없었다.

천존의 행위는 따지고 보면 법민 자신에게는 물론 조정 전체에 대한 하극상에 다름 아니었다. 이에 민심까지도 점차 흉흉해질 수밖에 없었다. 법민은 결단을 내려야 했다. 그런 나머지 왜의 군사들을 불러들여 저들을 진압할 수밖에 없는 고육지책의 방법을 선택했던 것이다. 같은 신라의 백성들끼리 서로 충돌해 살육전을 벌이게 되는 불행한 사태를 막을 수 있을 것이라 생각했으며, 더구나 왜의 현재 천황인 대해인(천무: 연개소문)천황은 그가 천황으로 등극하기 전 자신의 도움을 받은 일이 있었기 때문에 결코 자신의 구원 요청을 거절하지 못할 것이라는 믿음 또한 크게 작용했다.

"문영과 효천 두 장수께서는 즉시 나아가 당으로 통하는 내지의 요소를 엄중히 지키도록 할 것이며, 아울러 서해바다의 방비를 더욱 튼튼히 하여 반란 무리들이 당으로 건너가지 못하도록 만전을 기하시오."

이는 저들이 당의 이치와 긴밀하게 연락을 주고받은 나머지 혹시 당에서 천존 일행에게 원군을 보낼지도 모른다는 우려에서 취하게 된 조치에 다름 아니었다. 그러는 사이에 어느덧 6월이 됐다.

"대왕 전하, 왜에서 군사들이 도착했사옵니다."

개원이 다가와 법민에게 아뢰었다.

"그게, 참이란 말이냐?"

개원의 보고를 받은 법민의 얼굴이 밝아지며 되물었다. 자신의 부탁을 거절하지 않으리라는 믿음은 가지고 있었지만, 실제로 왜의 군사들이 도착했다는 전갈을 받으니, 내분으로 인해 한껏 위축됐던 심사가 자연 밝아져 자신감을 회복할 수 있었다. 아울러 대해인천황이라는 자의 사람됨을 비로소 충분히 짐작할 수 있었다.

"그러하옵니다."

"바다를 건너온 군사들의 숫자가 과연 얼마나 되느냐?"

"약 1만여 명에 가까운 왜나라 군사들이 지금 감포 앞바다에서 육지로 상륙하고 있다 하옵니다."

법민은 몹시 기뻐하며 소리쳤다.

"알겠다! 과인이 몹시 기다리고 있었던 일이니라."

그리고는 즉시 시립해 있는 여러 장수들 틈에 서

있는 죽지에게 명을 내렸다.

“죽지 장군께서는 즉시 감포 어름으로 나아가 왜에서 이르러온 병사들의 지휘 절도에 대한 권한을 신속히 인수하도록 하시오.”

법민은 지엄하게 명을 내렸다.

“알겠나이다.”

“더불어 그들을 이끌고 우지산 자락으로 이동해 반란군의 무리들을 평정해 불안에 떠는 백성들을 안심시키도록 하시오.”

법민의 명을 받은 죽지는 즉시 감포 어름으로 나아가 배에서 내린 왜의 군사들을 인솔한 후 반란군이 진을 형성하고 있는 우지산으로 내달았다. 반란군 무리들은 산등성이를 뒤로 한 채 목책(木柵)을 짓고 두어 달 동안이나 토벌군을 기다리는 형국이었다. 소나무를 통째로 잘라다 울타리를 세우고 또한 창칼과 활로 무장한 군사들을 요소에 배치한 나머지 제법 성성한 기세를 드러내 보이고 있었다. 이에 양측의 군사들이 우지산 자락의 언덕을 사이에 두고 서로 대치하는 국면이 됐다.

“참으로 어리석은 자들이다. 겨우 1만여 명의 반군으로 어찌 신라 천년 사직과 대항하려 한단 말인가? 신라의 군사들로 하여금 저들을 짓밟아 살육하는 끔찍한 일을 저지르지 않으려고 대왕은 왜로부터 군사들을 불러오지 않았는가? 대왕의 깊은 뜻을 어찌 헤아리지 못한단 말인가?”

죽지는 저들의 무모함을 들어 크게 한탄할 수밖에 없었다. 천존 역시 자신과 마찬가지로 한 시대를 풍미했던 뛰어난 장수였다. 그러나 이때에 이르러 그가 상황을 직시하지 못하고 반란을 일으킨 건 이해할 수 없었다. 또한 반군을 지휘하는 방법에 있어서도 그 엉성함과 치졸함에 실소를 금할 수 없었다. 더불어 이미 열세라는 것을 미처 깨닫지 못하는 그가 안타깝기 짝이 없었다.

반군들은 왜의 많은 군사들이 이르러 온 것을 보고는 오히려 법민을 비웃으며 능멸하기를 마다하지 않았다.

“자, 어서 덤벼라! 임금이 급하기는 똥줄이 타도록 급했던 모양이다. 어찌하여 왜에서까지 군사들을 끌어다 우리와 대적시키려 한단 말이냐?”

그들은 비아냥거리기를 잠시도 멈추지 않았다.

“하하하, 조정의 수많은 당(幢)과 장수들은 모조리 어디로 갔느냐? 우리가 두려운 나머지 모두들 꽁무

니를 빼고 달아났단 말이더냐?"

여전히 큰소리로 떠들며 웃기를 마다하지 않았다. 이윽고 저녁 무렵이 되자, 반란군의 무리들 속에서 한 무더기의 군사들이 앞으로 이르러 나왔다. 순간, 긴장이 감돌았다. 그러나 죽지는 자신이 이끌어 온 왜의 군사들에게 대적하지 말라는 명을 내린 후 저들을 설득하려고 시도했다.

"군사들을 일단 뒤로 물러나도록 한 뒤 피해가 없도록 하라."

그는 부장에게 일러 사상자가 생기지 않도록 당부했다.

"너희들을 이끌고 있는 장수 천존은 과연 어디에 계시느냐? 아우 죽지가 형님을 좀 뵙고 싶어 한다고 전해라."

죽지가 말을 타고 나아가 적들의 앞을 막아선 뒤 큰소리로 물어 천존을 찾았다. 그를 만나 저들의 무모함을 역설하고 설득시키기 위한 계책이었다.

"싸움을 하기 위해 이르러 왔으면 서로 맞서 싸우면 되는 일이지, 우리들의 대장을 찾는 이유가 무엇이냐? 벌써 주눅이 들었단 말이더냐? 어서 덤벼라."

앞을 가로막은 반군의 군사들은 크게 흥분한 나머

지 죽지의 말에 신경을 쓰지 않았다. 오히려 죽지를 향해 창을 내뻗었다.

"대왕 전하의 심오한 뜻을 어찌 저렇게 모를 수 있음인가?"

죽지는 싸움을 시작하기도 전에 탄식부터 내뱉을 수밖에 없었다. 참으로 저들의 행동이 갑갑하고 절망스럽기 짝이 없었다. 언제까지 당의 입김에 춤을 추고, 저들의 손짓에 따라 휘둘리며 노예처럼 끌려다녀야 한단 말인가. 더구나 지금까지 그들에게 끌려다녔지만 결국 그들은 신라와 혈맹도 무시하고 자신들의 이익에만 집착하지 않았던가. 반란군이 백성들의 안위를 생각하는 마음에서 무리를 짓고 책을 쌓아 마주섰다고는 하지만, 삼한을 일통하고 자주국가로서의 마땅한 위치를 확립해야 하는 대왕과 조정의 뜻을 헤아리지 못한 무지가 가슴을 짓누를 뿐이었다.

어느덧 날이 어두워져 밤이 됐다. 곳곳에서 횃불이 일렁이고 검은 연기가 계곡마다 마치 안개처럼 흘러다녔다. 그러나 저들에게서는 끝내 소식이 없었다.

웬만하면 천존을 만나 서로의 심사를 털어놓고 얘기를 나눠 그를 설득하고 농성을 풀도록 하려던 죽지는 초조해질 수밖에 없었다. 오히려 저들의 무리들이 점차 기세가 성성해진 나머지 무작정 쳐죽이겠다며 덤볐다. 이에 죽지가 이끌어온 왜의 군사들과 반란군 사이엔 싸움이 벌어질 수밖에 없었다.

급기야 양측 군사들 사이에서 어지럽게 싸움이 벌어져 치고 찌르는 가운데 비명이 낭자했다. 창칼이 서로 부딪치는 소리가 밤하늘을 쟁쟁히 울렸고, 피아의 군사들이 칼에 베이거나 창에 찔려 내지르는 비명 소리가 대지를 감쌌다. 시간이 흐르자 사상자가 점점 불어났다.

새벽녘이 돼서야 싸움의 우열이 가려졌다. 왜군의 사상자도 적지 않았지만 반란군들의 사상자가 훨씬 많아서 뒤섞여 죽은 시체들이 들에 가득했다. 가노(家奴)와 사병들로 구성된 반란군은 죽지 수하 부장들의 지휘와 통제를 받은 왜군들을 당할 수 없었다.

그러나 죽지는 크게 낭패한 나머지, 과연 어찌해야 싸움을 그치고 서로의 사상자를 줄일 수 있을지 답답하고 초조하기 그지없었다. 그때였다.

"싸움을 멈추어라!"

어디선가 크게 외치는 소리가 들려왔다.

“즉시 싸움을 멈추도록 하라!”

이윽고 군사들이 머뭇거리며 싸움을 멈췄다. 반란군의 뒤쪽에서 모습을 나타낸 것은 바로 천존이었다. 군사들은 너나없이 싸움을 멈추고 길을 비켜주었다. 마치 물길이 갈라지듯 어지럽게 싸우던 군사들 사이에 통로가 생겼다.

“형님!”

천존의 모습이 보이자 죽지는 반가운 나머지 황급히 말에서 내려 소리쳤다. 서로 적이 된 나머지 대치하고 있다는 사실조차 잊은 듯했다.

“이 아우가 형님을 뵙고자 그토록 기다렸는데 어찌 이제야 오십니까?”

“아우는 왕명을 받아 이르러 왔고, 나는 나를 따르는 무리를 이끌고 있는 중이니, 서로 세력을 믿고 싸움을 벌인다면 어찌 숱한 사상자가 생기는 걸 피할 수 있겠는가? 인명이란 하늘이 주신 귀한 것이니, 나를 따르는 군사들이나 아우가 이끌어온 군사들이나 모두 귀한 목숨임에 틀림없네. 그러니 차라리 내가 죽음으로써 양측의 싸움을 대신한다면 많은 생명을 구할 수 있을 것이네.”

천존이 희끄무레한 여명 속에서 백발을 휘날리며 말했다. 이미 결심을 굳힌 듯 목소리엔 굳은 의지가 서려 있었다. 태도 역시 초연하기가 이루 말할 수 없었다.

“형님! 우리가 스스로 지키고 엄히 가꿔야 할 자존과 긍지를 팽개치고 어찌 당의 음모와 사주에 부화뇌동하시려 하십니까? 지금이라도 마음을 돌리시고 저와 함께 대궐로 들어가 대왕 전하의 성은을 함께 입으십시오.”

죽지는 안타까운 심정을 금할 수 없었다. 이에 목소리는 떨리고 얼굴은 창백해진 채 천존의 마음을 돌리기 위한 노력을 아끼지 않았다.

“사태를 수습하기엔 이미 늦었네. 내 이 늙은 몸을 바쳐 그것이 대왕의 마음을 돌릴 수 있고, 또한 그렇게 해서 나를 따르는 무리들의 목숨을 보존할 수만 있다면 능히 그대의 손에 죽을 것이니라.”

천존은 이미 마음으로부터 결심을 굳힌 듯 흔들림이라곤 찾아볼 수 없었다.

“형님! 이 일은 제가 보기에도 무모하고 가치가 없

는 일입니다. 어찌 신라의 자존심을 팽개치고 당에 빌붙어 안위를 얻으려 하십니까?”

죽지는 지금까지 천존을 형님으로 모시며 깍듯이 대해왔다. 또한 살아오면서 서로의 우애와 의리에 금이 간 적이 한 번도 없을 만큼 둘 사이의 우정은 각별했다. 때문에 비록 왕명을 받긴 했지만 스스로 천존의 목을 치기는 어려운 일이었다.

“내 비록 늙어 죽을 때가 됐지만 스스로 세운 뜻을 팽개칠 정도로 나약하진 않으며 사내대장부의 기개만은 남 못지않다. 이한 몸이 죽음으로써 나를 따르는 무리들의 뜻을 세우고 그들의 목숨을 살릴 수만 있다면 기꺼이 목숨을 바칠 것이다. 그러니 죽지 네가 어서 내 목을 쳐라!”

그리고는 무릎을 꿇고 앉아 하늘을 향해 두 눈을 감았다.

“제가 감히 형님의 몸에 어찌 칼날을 닿게 하겠습니까?”

죽지는 왕명을 받들어야 하는 일과 천존의 목을 치는 일 사이에서 깊은 갈등을 할 수밖에 없었다. 한동안 생각을 거듭하던 죽지는 이 일이 자신의 판단과 의지만으로는 결코 마무리 지을 수 없다는 사실을 깨닫고 몸을 부르르 떨어야 했다.

그는 대왕께 윤허를 받아야 한다고 생각하고 즉시 사자를 대궐로 보냈다.

사자의 전갈을 받은 법민 역시 어려운 결단을 내려야 하기는 마찬가지였다. 나라의 충신을 잃는다는 상실감으로 인해 마치 심장이 찢기는 듯 괴로웠다. 그러나 그들을 용서하기에는 서로간의 불신의 벽이 너무 높았다. 또 지금에 와서 생각을 바꿀 수도 없었다. 좌우간에 결정을 내려야 했다.

천존 이하 친당파들의 주장은 뻔했다. 당나라의 심기를 거슬러 끊임없이 저들의 침공을 받는 이유가 바로 법민이 왕위에 머물러 있기 때문이니, 스스로 태자에게 양위를 하고 물러나라는 것이었다. 즉, 법민에게 왕위를 내놓고 물러나라는 얘기에 다름 아니었던 것이다. 그러나 자신이 왕권을 물려주고 뒤로 물러난다고 해서 당과 신라의 관계가 좋아지란 법이 없었다. 오히려 그 일을 기회로 신라의 내정에 대한 간섭을 한층 더 치열하게 강화할 것이라는 건 불을 보듯 뻔했다. 또한 그런 주장들이 천존 일당들의 순수한 의도에서 나온 중지나 의지가 아니라 은밀히 파견된 밀사를 통한 당의 술수에 다름 아니었으니,

어찌 저들의 요구를 선뜻 받아들일 수 있겠는가?

"그를 희생해서라도 사태를 마무리 지을 수 있다면 무엇을 망설일 것인가? 즉시, 천존의 목을 치고 반란을 진압해 사태를 수습도록 하라!"

법민은 읍참마속(泣斬馬謖)의 심정으로 명을 내릴 수밖에 없었다. 그러나 죽지는 여전히 명을 받들 수 없었다. 신라의 아홉 장수로서 백제와 고구려를 차례로 멸하는 과정을 동고동락해왔으며, 더구나 의리와 신뢰를 무엇보다도 중히 여기는 터라 선뜻 대왕의 명이라 해도 따를 수 없었던 것이다. 천존의 목을 치자니 그와 수십 년 동안 쌓아 이룩한 우애와 대쪽처럼 지켜온 신의가 앞을 가로막았으며, 개인적인 우정과 신뢰를 따르자니 역적이 될 수밖에 없는 어려운 처지에 놓인 것이다.

"뭘 머뭇거리는 게냐? 어서 왕명을 받들어 내 목을 쳐라!"

밝아오는 태양의 붉은빛 아래에서 천존이 죽지를 향해 오히려 큰소리를 쳤다.

"형님! 어찌 제가……."

죽지는 여전히 망설였다.

그러자 천존이 눈을 부릅뜨며 죽지를 향해 말했다.

"그렇다면, 너는 대왕의 명을 받아 이으러 왔으나 자신의 임무를 다하지 못한 채 왕명을 거역하는 것이나 다름없다. 이는 사사로운 정에 이끌려 지엄한 왕명을 거슬리는 짓이니, 결코 옳지 못한 일이다. 어서 마음을 바로잡아 대왕으로부터 받은 임무를 충실히 수행토록 하라. 어찌 너마저 역적의 길을 걸으려 하느냐?"

천존이 격한 감정을 이기지 못한 채 소리쳤다. 그러나 그의 말이 백번 옳은 말이었으되 어찌 죽지가 칼을 휘둘러 천존의 목을 칠 수 있을 것인가? 그때 자신의 목을 쳐서라도 사태를 마무리 지으려는 노신(老臣) 천존의 눈에 한줄기 눈물이 떠오르는 햇빛에 비치었다. 이는 이미 자신의 뜻을 곧추세울 수 없을 정도로 세가 기울었음을 의미했으며, 또한 뒤를 따르는 무리들의 세력이 쇠한 나머지 패배를 인정하는 것에 다름 아니었다.

천존이 어떤 인물인가? 유신 다음으로 치는 신라의 아홉 장군으로서 선왕이신 태종무열왕을 모시고 백제와 고구려를 차례로 멸하는데 앞장섰음은 물론이고, 그 후에도 나라의 상신(上臣)으로서 대왕을 보필해 사직을 지키는데 진력을 다 바쳤던 충직한 신하가 아니었던가. 신라 사람이라면 이를 모르는 이가 없을 터였다.

마냥 머뭇거리며 결단을 내리지 못해 쩔쩔매던 죽지가 자신의 부장을 돌아보며 말했다.

"네가 나를 대신해 각간의 목을 쳐라!"

"제가 어찌 감히……."

죽지의 명을 받은 부장 역시 머뭇거리기만 할 뿐 쉽게 행동으로 옮기지 못했다.

"네놈은 내가 내린 군령을 어길 셈이냐?"

죽지가 눈을 부릅뜨며 큰 소리로 외쳤다. 자신의 가슴 속에 끓어오르는 격한 감정을 마땅히 다스릴 길이 없었기에 일부러 부장을 향해 역정을 낸 것이다. 어쩔 수 없다는 듯 부장이 칼을 높이 들어 천존을 향해 다가섰다. 그 순간, 반란군 무리 쪽에서 동요가 일며 창칼을 바로잡고 일시에 덤벼들 태세를 갖췄다.

그러자 천존이 형형한 눈빛으로 그들을 쏘아보며 소리쳤다.

"너희들은 한 치도 움직이지 말라!"

그리고는 하늘을 우러러 올려다보며 다시 입을 열었다.

"내 비록 신라의 신하로서 선왕 이래로 오래도록

성은을 입어왔으나 결국 뜻이 다른 나머지 이처럼 조정에 반대하는 길을 걷고 말았다. 그러나 이렇게 죽게 된 마당에 누굴 원망하고, 누굴 탓하겠는가? 다만, 내가 바라는 것은 더 이상 인명의 살생은 피하고 싶을 뿐이며, 나를 따르던 많은 장정들이 역적의 누명을 쓰게 되는 것이 마음에 걸릴 뿐이다. 자, 어서 내 목을 쳐라."

죽지의 부장이 머뭇거리더니 마지못해 칼을 들어 그의 목을 내리쳤다. 이윽고 천존의 목이 떨어졌다. 그 모습이 자못 처량하고 한편으로는 의연하기도 했다.

이로써 몇 달 동안 계속 돼 왔던 반당파와 친당파 간의 싸움은 막을 내렸다. 그러나 당에 추종하고 빌붙으려는 세력이 모조리 제거된 것은 아니었다. 때문에 법민의 심사는 여전히 밝지 않았다. 저들의 발호가 계속돼 더욱 성성해질 것인지, 아니면 천존의 죽음을 고비로 한풀 꺾이게 될 것인지 예의 주시하는 상황이 계속 될 수밖에 없었다. 이에 법민은 동궁을 새롭게 창건하고 현판의 제호를 새로 정하는 등의 조치를 취했다.

태자 정명이 사는 동궁은 원래 궁궐의 남쪽에 마련돼 있었다. 그러나 법민은 천존이 건의했던 바와 같이 태자를 옹립하려던 저들의 뜻을 일부 수용하는 선에서 일을 매듭짓고자 했다. 아울러 여전히 세력을 형성하고 있는 친당파들에게 올곧은 반당의 뜻을 과시하기 위한 의도 역시 포함돼 있었다. 즉, 친당 정책이란 결코 있을 수 없다는 일종의 경종을 울려주려는 뜻에 다름 아니었다. 더불어 백제의 궁남지(宮南池)와 당나라의 대명궁(大明宮)을 본뜬 안압지(雁鴨池: 당시에는 월지(月池)라고 불렸음)를 완성했다. 이 역시 나라의 위세를 당당히 떨침으로써 당의 사주를 받은 친당파들이 혹시 품게 될지도 모를 반역의 마음을 사전에 막아보려는 법민의 원려(遠慮)에 다름 아니었다.

왜로 건너가다

법민 즉위 20년(서기 680년).

2월에 이찬 김군관(金軍官)을 상대등으로 삼았다. 그 역시 친당파 거두의 한 사람으로 천존과 함께 우지산의 반란군에 가담한 일이 있었으나 과거의 잘잘못을 잊고 화합을 이루고자 취한 조치였다. 그에게 상신 자리를 맡도록 함으로써 친당파 전체의 소요를 막아보려는 뜻 역시 내포돼 있었다.

3월에는 금과 은으로 만든 그릇과 여러 가지 색으로 채색한 비단 100단을 보덕왕 안승에게 내려주고 동시에 법민의 여동생의 딸(집찬 김의관(金義官)의 딸이라는 말도 있지만 확실하지 않다.)을 아내로 삼도록 했다.

한편 가야군(加耶郡)에 금관소경(金官小京)을 설치했는데, 이때에 이르러 법민은 마음속으로부터 굳은 결심과 함께 새로운 각오를 다지게 됐다. 천존의 죽음으로 가까스로 수습돼 가는 듯하던 정국이 여전히 시끄러울 뿐만 아니라 친당파들의 발호 역시 영원히 잠재운 것이 아닌 미봉책에 불과했기 때문이었다. 언제 그들이 다시 반발과 소요를 일으킬지 알 수 없었다.

법민으로서는 여전히 활개를 치는 친당파들의 존재를 무시할 수 없었을 뿐만 아니라 무시해서도 결코 안 되는 일이라는 걸 잘 알고 있었다.

더불어 당의 정책 전환 요구가 그치지 않았을 뿐 아니라 이미 반감을 가진 무리들을 규합하고, 그들을 교묘히 이용한 술수와 기묘한 계책이 난무한 나머지 도저히 견딜 수 없는 지경에 이르렀다. 때문에 과거 천존을 따르던 무리들과 기득권에 미련을 둔 귀족세력들의 소요를 막을 수 있는 방법을 찾아야겠다고 결심하게 된 것이다.

'내가 삼한을 통일해 하나의 울타리 안에 아울렀다고는 하지만, 왕위에 집착한 나머지 일신의 영광과 안위만을 도모하려 한다면 어찌 만백성들의 수고로움을 덜어줄 수 있겠는가?'

'내 몸 하나 희생한다면 당이 신라를 이처럼 핍박

하고 으름장을 놓아 피곤하게 하지 않을 것 아닌가?'

법민은 깊이 생각하기를 거듭했다.

'그렇다면 내가 이처럼 망설이는 이유란 무엇이란 말인가?'

자신이 진정 바라는 것은 나라의 사직을 꿋꿋이 보존하고, 백성들이 마음껏 두 팔을 벌리고 생업에 종사할 수 있는 여건을 만들어주는 것이었다. 그 목적을 쉽게 달성하는 길은 저들이 요구한 바와 같이 스스로 태자에게 양위를 해주고 물러나는 것이었다. 법민 역시 분명히 알고 있었다.

'과감하게 왕위에 대한 집착을 버린다면 만사가 두루 편안해질 것 아닌가? 전면적으로 압박해 들어오는 당의 핍박과 숨쉬기조차 어려운 에움에서 벗어나는 방법이란 과연 무엇인가? 이 한 몸을 희생시켜서라도 천 년을 이어온 사직을 무사히 보존하고 또한 백성들에게 닥칠 필연적인 화를 사전에 방지할 수 있는 수단을 과연 어찌 찾아야 한단 말인가? 나라의 임금으로서 천년의 사직과 만백성을 지키는 길이란 오직 권좌에서 물러나 스스로의 미망에서 벗어나는 길인 것을…….'

법민의 참뜻은 바로 거기에 있었다. 어려운 형편에서 빠져나올 수 있는 방법과 수단이란 오직 그 하나뿐이라고 생각했다. 물론 왕위를 태자에게 양위하고, 왜에 건너가 구체적으로 어찌해야 겠다는 구체적인 계획이 있었던 것은 결코 아니었다. 그러나 마침 대해인천황이 보위에 자리하고 있으니, 어찌 스스로의 몸 하나 의탁해 남은 여생을 의지하지 못할 것인가? 하는 여유와 믿음을 가지고 있었다. 그렇다고 그를 의지해 앞일을 어떤 식으로나마 모색해보겠다는 복안 따위가 있었던 것은 아니다. 다만, 그와 지금까지 맺어온 인연이 있으니 결코 그가 자신을 대수롭지 않은 인물로 여기지는 않을 것이라고 생각했던 것이다. 따라서 자신이 만일 왜로 망명한다면 그의 도움을 받아 남은 여생을 편안히 마칠 수 있을 뿐만 아니라 신라 땅에서보다 더 커다란 성취도 가능할 것이라고 믿었던 것이다. 이에 법민은 마침내 왜로 건너갈 결심을 굳히게 됐다. 물론 아무도 눈치채지 못한 혼자만의 은밀한 복안에 다름 아니었다.

막상 결단을 내리고 나니 온갖 감회와 여러 가지 회한이 아련한 추억과 더불어 뇌리 속에 겹겹이 떠올랐다. 삼한일통에 대한 염원을 성취하기 위해 각고의 노력을 기울였던 일과 태자가 된 후 대업을 이루기 위해 백제를 멸하게 됐던 일, 그리고 온갖 고난과 역경을 딛고 삼한을 통일하는 대업을 완수하고, 이윽고 당의 세력까지 멀리 쫓아냈던 일 등이 주마등처럼 스쳐갔다. 그러자 가슴이 뭉클해져 왔다.

새해(서기 681년)가 밝았다. 정월 초하루 아침 눈을 뜬 법민은 혼자 중얼거리기를 마다하지 않았다.

'참으로 묘한 일이로다.'

법민은 간밤의 꿈자리가 뒤숭숭한 나머지 악몽이 끊임없이 이어졌을 뿐 아니라 가위에 눌려 제대로 잠을 이룰 수 없었다. 정월 초하루부터 이처럼 가위에 눌리고 악몽에 시달렸다는 사실이 께름칙했다. 때문에 은연중 불안한 마음을 지울 수 없었다. 기분을 돌이키려 했지만 선뜻 개운해지지 않았다.

"전하, 무슨 일이옵니까? 용안이 밝아 보이지 않사옵니다."

자의왕비가 걱정스런 얼굴로 물었다.

"아닙니다. 다소 잠을 설쳤을 뿐이니, 왕비께서는 너무 걱정하지 마시오."

법민은 짐짓 태연한 표정을 지으며 왕비를 안심시

켰다. 그러나 불길한 예감은 쉽사리 사라지지 않았다.

이윽고 놀라운 일이 벌어졌다. 태양 주위로 하얀 빛의 달 모양이 점차 가까워지고 있었다. 대낮에 뜬 보름달에 다름 아니었다. 달은 마치 구름에 섞여 움직이듯 흐르더니 점차 태양 쪽으로 옮겨갔다. 그러더니, 마침내 달이 태양의 자리를 점차 잠식하기 시작했다. 일은 거기서 끝나지 않았다. 달이 태양의 자리를 침식해 들어간 순간부터 세상이 어두워지기 시작하더니 이내 하늘에서 태양이 사라지고 말았다. 오직 빛을 차단한 달의 모습만이 보일 뿐이었다. 처음엔 기이한 일이라며 하늘을 쳐다보며 고개를 갸웃거리던 사람들은 놀란 나머지 천체의 이변에 대해 저마다 이야기하기를 주저하지 않았다. 그때 갑자기 구름이 몰려들어 그나마 조금 남아있던 밝은 빛을 차단하고 말았다. 그야말로 온 세상이 깜깜한 어둠에 휩싸이고 말았다.

"이게 무슨 일이냐? 이러다 아예 태양이 다시 뜨지 못하는 것 아니냐?"

이처럼 무서움에 벌벌 떠는 사람이 있는가 하면,

"참으로 괴이한 일이로다. 달이 태양을 삼켰으니……. 새해 들어서 이런 변괴가 일어나니 이는 나라와 왕실에 필시 흉한 일이 생길 조짐이 아닌가?"

라며 탄식을 뱉는 사람들도 있었다.

잠시 후 달이 태양을 완전히 가려버렸다. 본래부터 하늘에 빛이라고는 존재하지도 않았다는 듯 깜깜하기 그지없었다. 사물을 관찰하기에도 심히 곤란할 지경이었다. 이에 놀란 사람들은 허둥거렸으며, 법민 역시 앞일에 대한 불길함을 감출 수 없었다.

'정월 초하루부터 낮이 밤처럼 어두워지는 연유가 과연 무엇이란 말인가?'

묵은해를 보내고 새로운 마음으로 기쁘고 즐겁게 맞아야 할 새해 첫날 난데없이 나타난 낮달에 의해 암흑천지로 변하다니……. 결코 좋은 징조는 아니었다.

'이는 필시 나의 생운(生運)과 본분이 이미 다 했음을 이르는 것이 아니고 무엇이랴?'

법민은 문득 깨닫는 바가 있어 자신의 주변을 정리하며, 지난번에 내린 결론을 실행에 옮기는 일에 대한 각오를 새롭게 다질 수밖에 없었다.

'천리(天理)를 하찮은 인간의 능력으로 거슬리려 한들 무엇을 얻을 수 있겠는가?'

법민은 하늘이 점지하는 일을 수긋하고 겸허한 마

음으로 받아들이고자 했다. 보위를 물려받아 왕위에 오르고 난 뒤, 지난 20여 년 동안 하루도 나라의 일과 백성들의 안위를 걱정하지 않았던 날이 없었다. 바람만 불어도 왈칵 두려움이 밀려들어 자신을 믿고 따르는 백성들이 걱정이 됐으며, 비가 내리고 천둥소리가 들릴 때면 자신의 어깨에 짊어진 사직과 나라의 앞날을 염려한 나머지 더욱 마음이 심란해지곤 했었다.

정사를 맡고 나서, 어찌 하루인들 마음 편할 날이 있었겠는가? 태양이 떠있는 맑은 날에는 그것이 가뭄으로 이어지지 않을까 염려스러웠으며, 비가 내리는 날에도 역시 장마로 이어져 홍수가 나지 않을까 걱정할 뿐이었었다. 한 나라를 다스리는 임금의 피할 수 없는 운명이라는 것을 모르는 바 아니었지만, 참으로 거친 숨을 마다하지 않은 채 정신없이 내달려온 나날이었다. 밤하늘에 살별만 나타나도 천체의 기묘한 조화가 백성들의 삶에 직접적인 영향을 미치지 않을까 두려웠으며, 땅이 흔들리는 가벼운 지진(地震)에도 불길한 일이 생길까 살얼음을 딛듯 조심스럽기만 했다. 지난 20년을 통째 헤아려 봐도, 과연 다리를 길게 뻗은 채 베개를 높이하고 편히 잠들었던 때가 며칠이나 될지 기억에 없었다.

"과인이 이번 새해에는 일체의 하례를 받지 않을 것이로다."

법민이 태자 정명에게 일렀다.

"아바마마, 그 무슨 분부이십니까?"

태자가 깜짝 놀라 법민의 얼굴을 바라보았다. 그러나 그는 뜻을 굽히지 않았다. 새해를 맞아 자식들과 손자들이 하례를 올리겠다며 수선을 피우고 있었지만 모두 물리치고 말았다. 요즘 들어 친당파들의 소요로 신경이 몹시 날카로워져 있었기 때문인지 부쩍 몸이 허약해졌을 뿐 아니라 기력도 옛날 같지 않은 나머지 매사에 곧잘 피로를 느끼며 싫증을 내곤 했다.

문무백관들 역시 새해를 맞아 하례를 올리겠다며 구름처럼 몰려들었다. 그러나 마찬가지로 일체의 알현을 금했다. 이미 자신의 주변을 정리하겠다고 마음을 먹었기 때문이다.

"아바마마, 무슨 걱정이 있으시옵니까?"

태자 정명이 어두운 얼굴로 물었다.

"아니다. 내 심기가 불편한 때문일 뿐이니, 과히 염려치 말도록 하라."

법민은 일단 태자를 안심시켰다. 궁금하기는 신하들 역시 마찬가지였다.

"대왕 전하, 옥체에 이상한 징후라도 있으시옵니까?"

법민의 건강을 염려하는 신하가 있는가 하면,

"대왕 전하, 부디 만수무강하십시오."

내전 밖에서 기구(祈求)하는 사람도 적지 않았다.

"일통삼한을 이루어내신 대왕 전하의 옥체가 내내 편안하시기를 바라옵니다."

신하들은 앞다퉈 건강을 빌어주었다.

초닷새에 이르러 비로소 정청에 나간 법민은 밀린 국사(國事)를 처결하느라 여념이 없었다.

"사찬 무선(武仙)을 들게 하라!"

태자를 시켜 명을 내렸다.

"명을 받들겠나이다."

태자가 즉시 무선을 불러들였다.

"요즘 들어서 북방의 방비가 허술한 틈을 이용해 북쪽의 말갈족들이 국경을 어지럽힌다는 장계가 올라와 있다. 과인이 정예군사 3천을 그대에게 줄 터이니 이끌고 나가 비열홀(比列忽)을 철통처럼 지켜 나라의 백성들에게 우환이 생기지 않도록 보호하라!"

"대왕의 명을 기꺼이 받들겠나이다."

대답을 마친 무선은 즉시 북쪽을 향해 떠났다.

법민은 자신의 모든 미망과 집착을 훌훌 털어 버리고자 했다. 이에 권좌를 태자에게 양위하고 왜로 망명하기 위한 결심을 실행에 옮기고자 기왕에 마음먹었던 일들을 하나씩 처리하기 시작했다.

먼저, 추진하려고 마음먹었던 우사록관(右司祿館)을 설치했다. 이로써 비로소 좌우사록관을 동시에 갖추게 됐다.

6월에 이르러서는 서라벌 서남쪽에 천구성(天狗星: 유성(流星)이나 혜성(彗星)을 일컫는 말)이 곤방(坤方: 남서쪽)에 떨어졌다. 법민은 문득 서라벌 도성에 아직도 튼튼한 성곽(城郭)이 없다는 사실을 깨닫고 그 일을 자신의 마지막 소임으로 생각하고 실천하고자 했다. 도성을 능히 지킬 수 있는 성곽이 없다는 것은 일면 괴이한 일이 될 수도 있었기 때문이다.

어느 날, 법민이 급히 태자를 찾았다.

"태자는 즉시 사자를 보내 의상대사(義湘大師)를 찾아뵙고, 어디에 거하시든지 과인이 친히 뵙겠다고 전하고 서둘러 모셔 오도록 하라."

"알겠나이다."

태자가 대답을 하고 물러났다.

닷새가 지난 뒤 해질 무렵 의상대사가 부랴부랴 나타났다. 법의(法衣)는 이미 땀에 젖어 있었으며 들고 있는 법장(法杖)이 무거워 보일 정도였다. 법민의 전갈을 받고 얼마나 허둥댔는지 능히 짐작할 수 있었다.

"어서 드시오, 대사."

법민은 오랜만에 만난 의상을 보며 반가움을 감추지 않았다.

"대왕 전하, 미천한 소승을 급하게 찾아 주셨다니, 어인 일인지를 몰라 허둥대기를 지금껏 멈출 수 없었사옵니다."

의상대사 역시 법민을 오랜만에 보자 반가운 기색이 역력했다.

"하하하, 대사께서는 걱정하지 마시오. 우선 앉으셔서 땀이나 식히십시오."

법민이 말을 하고 나서 그에게 자리를 내주었다.

"대사의 춘추가 올해 몇이십니까?"

법민이 새삼스레 의상대사의 나이를 물었다. 표정이 스산하기가 이루 말로 표현할 수 없었다. 의상대사는 은연중 놀라면서도 일부러 쾌활하게 말했다.

"하하하, 대왕께서는 어리석은 빈승(貧僧)의 법랍(法臘)을 물으시는 것이옵니까? 아니면 속세의 나이를 물으시는 것이옵니까?"

"속세의 험한 풍파를 이미 수없이 헤쳐 나온 속인으로서 어찌 대사의 법랍을 외람되이 묻겠습니까?"

"송구하옵니다, 대왕 전하. 빈승의 속세의 나이라면 을유(乙酉)년에 세상에 나왔으므로 올해 쉰일곱 해를 살았습니다. 대왕 전하께서는 마땅히 이 몸의 허물을 탓하지 마시옵소서."

의상대사는 처연한 표정이 돼 말했다.

"하하하, 고명하신 대사께서도 연륜이 쌓이는 것에 그처럼 예민하게 반응하시니 과인으로서는 오히려 크게 위로가 될 뿐이오. 헌데, 대사께서는 참으로 을유년에 태어나시었소?"

법민이 다시 확인하듯 물었다.

"빈승이 어찌 대왕 전하께 거짓을 아뢰겠습니까?"

"하하하, 이제 보니 대사와 과인은 서로 같은 해에 세상에 나왔구료."

법민이 너털웃음을 터뜨리며 말했다. 두 사람은 일찍이 소년 시절 동해바다에서 처음 만났을 때 서로의 나이를 물어 확인했으나, 이때에 이르러 다시 묻고 답하며 은연중 서로의 애틋한 심사를 새롭게 다졌다.

"천명이란 인간으로 태어난 이상 그 누구라 해도 어쩔 수 없는 법, 지나온 삶에 있어서 어찌 한 가닥 미련이나 회한이 없을 수 있겠나이까?"

의상의 말에 동의한다는 듯 법민이 천천히 고개를 끄덕였다.

법민은 임금으로서 마지막 희생을 바쳐 천년 사직을 이어온 서라벌 주위에 든든한 성곽을 하나쯤 남기고 싶어 그 일을 의논하기 위해 의상대사를 찾았던 것이다.

이는 유난히 심약한 태자와 서라벌에 몸을 비비고 사는 백성들에게 튼튼한 성곽을 만들어 줌으로써 정신적으로 안정감을 찾아주기 위한 배려이기도 했지만, 삼한 도처에 대한 집착과 드넓은 사랑을 드러낸 것에 다름 아니었다.

잠시 후 법민이 다시 입을 열었다.

"과인이 대사께 긴히 여쭐 말씀이 있습니다."

"하문(下問)하십시오."

의상이 말했다.

"실은 사직을 열어 왕도(王都)를 서라벌에 정한지 천년 가까운 적지 않은 세월이 흘렀지만, 아직 왕도에 걸맞는 성곽이 마련되지 않아 자연 위용이 허술해진 나머지 나라의 백성들은 물론 당에서까지 하찮게 여기고 있습니다. 대사께서도 잘 아시리라 믿습니다. 이 때문에 대사와 상의를 하고 싶었던 참이오."

법민이 이윽고 의상의 뜻을 물었다.

"하오면, 대왕께서는 도성 주위에 성곽을 쌓으시겠다는 말씀이십니까?"

"차제에 성을 쌓아 도성 방비를 튼튼히 하고, 대외적으로도 마땅한 위용을 갖추고 싶은 것이 과인의 뜻입니다."

법민은 솔직하게 자신의 심사를 밝혔다. 일단 도성 주위를 크게 둘러쌓아 불시의 외침에 대비할 수 있도록 설계를 내고 지역을 정해 성을 쌓는 일을 시작한다면, 비록 자신이 떠난 뒤라 해도 왕명으로 비롯돼 시작한 일인지라 차질 없이 성이 만들어질 것이라고 생각했다. 그러나 태자에게 왕위를 물려주고 왜로 망명하려 한다는 얘기는 끝내 하지 않았다.

의상이 한동안 생각을 거듭하더니 이윽고 입을 열었다.

"성을 쌓으려면 우선 수많은 백성들의 노역이 필요할 것이옵니다."

의상은 우선 많은 백성들의 수고로움이 소모될 것은 물론 엄청난 국고가 동시에 손실될 것이 자명한 일이었기에 자못 내키지 않는다는 표정을 지었다.

"그렇겠지요. 하지만 옛 백제와 고구려에서 흡수된 유민들도 많을 뿐만 아니라 그들과 더불어 신라의 백성들에게도 나서서 성을 쌓도록 한들 모자람이 없을 듯싶습니다. 무릇 천년 사직을 지켜온 왕도에 어울리는 성을 쌓아야 한다고 생각했습니다."

"대왕 전하!"

의상이 간곡한 목소리로 법민을 불렀다.

"대사께서는 말씀해보시오."

"소승의 생각에는, 비록 들판의 띠집에 살아도 대왕께서 바른 도를 행한다면 곧 스스로 복을 불러들이고 대업이 빛나게 될 것입니다. 그렇지 않으면 비록 수많은 사람들을 동원해 성을 웅장하게 쌓아 많은 누각을 짓는다 할지라도 결코 이익되는 바가 없을 것입니다."

그러자 법민이 스스럼없이 되물었다.

"허면, 대사께서는 과인이 이루려 하는 역사(役事)를 탐탁스럽게 여기지 않으신다는 말씀이오?"

"이는 백성들을 번거롭게 하여 피곤하게만 할 뿐,

나라에 이익이 되는 일이 아니옵니다. 신라의 도성인 서라벌은 전체를 한눈에 넓게 바라보면 거대한 분지와 다를 바 없습니다. 이에 만일 외적이 침입한다 해도 수많은 자연 요새를 이용해 중요한 요소에 군사들을 배치해 막는다면 능히 적을 물리칠 수 있을 뿐만 아니라 마치 봉황의 둥지처럼 크고 작은 산들이 겹겹이 둘러싸여 있는 천혜의 요지인지라 굳이 성을 쌓아 적을 염려하지 않아도 되는 지형이옵니다. 대왕 전하께서는 과히 염려하지 마십시오."

법민은 의상의 말을 듣고 한동안 생각에 잠겼다. 그러더니 이내 천천히 고개를 주억거렸다.

"대사의 말을 듣고 다시 생각해보니 과연 옳은 말씀이오."

이에 법민은 성곽을 쌓으려 공론을 일으키려던 뜻을 접었다.

한편, 법민은 정사를 살피는 바쁜 와중에도 지의법사(智義法師)와 깊은 교우를 나누었다. 지의법사는 2년 전부터 법민으로 하여금 불법의 참된 진리와 도리를 널리 알리고 스스로 깨우치게 할 목적으로 동해 바닷가에 사찰을 새로 짓도록 했다.

어느 날 지의법사와 만난 법민이 대사에게 물었다.

"대사, 과인은 죽은 뒤에 나라를 지키는 용(龍)으로 화하여 동해에 임한 나머지 바다 건너 왜적의 침입을 마땅히 막아 적들을 물리치기를 마다하지 않을 것이오. 아울러 불법을 숭봉(崇奉)하고 널리 퍼뜨려 나라의 모든 백성들이 끝까지 부처님을 모시도록 하고 안팎을 두루 편안하게 할 것이오."

지의법사는 지난날 왜에 비밀리에 파견해 천황의 초치검을 훔치게 했던 도행을 천거해준 장본인이었다. 비록 마지막 순간에 천황이 보낸 무사들에게 도행이 붙잡혀 실패하고 말았지만, 어쨌든 그 일로 인해 연개소문이 임신의 난을 일으키고 정적들을 제거한 후 왜의 천황에 등극할 수 있는 계기가 됐다. 이 일을 계기로 두 사람은 각별한 사이로 지내며 필요할 때마다 자문을 구하거나 국사를 다스리는 일을 상의하곤 했다.

지의법사가 만면에 미소를 띠며 물었다.

"대왕 전하, 용은 한낱 상상 속 짐승의 응보(應報)일 뿐인데, 하필이면 어찌 용이 되신다는 말씀을 하십니까?"

법민이 한동안 생각하다가 이내 말했다.

"나는 세상의 부귀(富貴)와 영화(榮華)를 싫어한 지

이미 오래됐소. 만일 추한 인과응보라 하더라도, 내가 죽은 후에 마땅히 용으로 태어나 외적을 물리칠 수 있는 능력을 얻는다면 그야말로 내 뜻에 맞는 일입니다. 그로써 바다 건너 적의 침입을 능히 물리치고 만백성의 안위를 보장하며 사직을 굳건히 지킬 수만 있다면 그보다 아름다운 일이 무엇이겠소?"

지의법사는 잠자코 듣기만 했다. 이에 법민이 다시 말을 이었다.

"용이 돼서라도 오직 나라를 튼튼히 지킬 수만 있다면 그보다 더욱 좋은 일은 다시 없을 것이라 생각합니다. 이 한 몸을 바쳐 나라의 방비를 든든히 지킬 수만 있다면 용보다 더한 미물로 태어난다 해도 결코 후회하는 일이 없을 것입니다. 지금은 왜와의 관계가 원만한 지경에 이르렀음에 틀림없소. 그러나 우리 삼한 땅의 근심거리란 북쪽의 만무방이들도 있지만 장래에는 왜구의 들끓음도 결코 무시할 수 없는 일이 될 것이오.

저들은 사면이 바다로 막혀 고립된 나머지 그 곤궁함을 풀기 위해서 두고두고 삼한 땅을 향해 흑심을 드러낼 것이 분명하오."

"대왕 전하의 깊고 숭고한 뜻을 이제야 비로소 헤아려 볼 수 있겠나이다."

지의법사는 법민의 말에 감복해 마지않았다.

나라의 임금으로서 천년 사직을 굳건히 지키고 뭇 백성들의 편안함을 중히 여긴 나머지 그들이 만고에 걱정 없이 생업을 꾸려 나갈 수만 있다면, 비록 미물인 용이 되어서라도 동해를 지키겠다는 뜻에 다름 아니었으니, 이처럼 자신을 희생해 가면서까지 백성들에게 자애로운 마음을 쓰는 성군은 다시 보기 어려운 일이었다.

법민은 자신의 나이가 어느덧 육순을 바라보고 있으며, 언제 깊은 병이 들어 스스로 소멸돼 사라질지 알 수 없었기에 자연 앞날의 상황을 걱정했던 것이다.

5, 6년 전에 있었던 매초성 전투와 다음 해에 계속된 기벌포의 해상 전투에 패배한 당나라 군사들은 삼한 땅에서 전면적으로 퇴각한 뒤였다. 결국 그들은 압록수 북쪽의 요동 땅으로 안동도호부를 옮겨갔다.

당의 이치는 그 후 고구려 마지막 왕인 고장(高藏: 보장왕)을 요동군왕으로 봉했으며, 아울러 웅진도독부를 요하 방면의 건안성(建安城)에 다시 설치하고 부여융을 보내 대방군왕으로 삼았다. 그러나 이름만 그럴듯할 뿐 나라의 실체라고는 없었다.

옛 백제 땅에 있어야 할 웅진도독부가 요하 근처까지 쫓겨 밀려난 것이니, 이는 저들 스스로 백기를 들어 포기한 것이나 마찬가지였다. 따라서 당이 삼한 땅에 대한 침공을 그친지 벌써 햇수로 5년이 지나고 있었다.

당의 입장에서 본다면 참으로 눈엣 가시와 같은 존재가 바로 법민이었다. 당연히 그를 흔들어 무너뜨리려는 기도를 게을리하지 않았다. 이에 법민은 이치가 그런 식으로 상황을 수습할 수밖에 없었을 것이라며 회심의 미소를 짓는 한편, 만무방이들의 군사적 압박에 대해서도 다소 안심할 수 있었다. 그러나 외침에 대한 불안 요인은 여전히 남아있었다. 남쪽의 왜구에 대한 염려가 상존하고 있었기 때문이다. 사면이 바다로 둘러싸인 왜인지라 어찌 됐든 자신들의 지정학적인 고립에서 탈피하기 위해서라도 가능한 모든 방법을 동원할 날이 머지않았다고 판단했던 것이다. 백제가 아직 멸해지기 전부터 왜와 긴밀히 협조해 신라를 끊임없이 위협해왔으며, 백제의 유민들과 과거 관직에 있던 자들이 그곳으로 숨어들어 호시탐탐 야욕을 드러내고 있었다. 비록 지금은 대해인천황의 치세에 놓여있다고 하지만 언제 왜의 상황이 급변해 다시 야욕을 드러낼지 아무도 알 수 없었다. 이에 자신이 왜로 망명함으로써 왜의 삼한 침탈에 대한 대비책을 미리 마련하고, 저들의 야욕을 꺾어두고자 했던 것이다. 저들과 직접 부딪쳐서 가능한 모든 방법을 찾아보는 것이 가장 확실하고 믿을 수 있는 방법이라고 생각한 것이다.

한편, 당의 직접적인 군사 공세는 그쳤지만 나라 안에 여전히 발호(跋扈)하는 친당파 무리들의 소요(騷擾)를 무마시킬 마땅한 방법이 없었다. 또한 당은 자신을 압박하고 옥죄이기 위해 군사적인 방법을 제외한 온갖 악랄한 수법을 동원했다. 친당파의 수괴인 천존이 죽은 후에도 여전히 저들의 조정에 대한 비방과 음해가 끊이지 않았으며, 은밀히 세작을 파견해 친당파들과 합세해 갖은 유언비어와 허무맹랑한 소문을 나라 안에 퍼뜨렸다. 따라서 법민은 기왕에 자신이 다져먹었던 결단을 실행에 옮길 차비를 서둘러야 했다.

6월 하순에 접어든 어느 날이었다.

법민은 주위를 철저하게 물리친 후 태자 정명을

불러들여 비밀스럽게 마주 앉았다.

"태자는 지금부터 아비가 이르는 말을 귀담아듣거라."

심각한 표정으로 조용히 일렀기에 영문을 모르는 태자는 눈을 뜬 채 법민을 쳐다보았다.

"하명하십시오, 아바마마."

"작금에 이르러 친당파들의 목소리가 걷잡을 수 없을 정도로 거세졌을 뿐만 아니라 당을 맹신하는 조정 대신들에게 정사를 처리함에 있어 사사건건 발목을 잡히니 어찌 국사가 순조롭게 풀릴 수 있겠느냐? 더불어 나라에 아직도 세력을 형성하고 있는 저들을 사주해 과인을 왕위에서 축출하려는 당 황제의 모진 술책을 어찌 스스로 감당할 수 있겠느냐? 천존을 참형에 처한 이후로도 여전히 친당파의 목소리에 힘이 실리는 이유가 과연 무엇이라고 생각하느냐?"

법민은 태자의 뜻이 과연 어떠한지를 연이어 물으며 동시에 저들에 대한 불편한 심기를 드러냈다.

"소자 역시 조정 대신들이 당에 대한 어리석은 인식으로 인해 달콤한 미련을 떨쳐버리지 못하는 그릇된 태도를 충분히 짐작하고 있사옵니다. 어찌 아바마마의 심대한 원려(遠慮)를 소자가 이해하지 못하겠사옵니까?”

정명은 법민의 저들에 대한 불편한 심기를 충분히 깨닫고 있는듯 했다.

법민이 다시 말했다.

“과인이 왕위에 머물러 있는 동안에는 당의 모진 술책과 악랄한 핍박이 결코 끝나지 않을 것이니라. 이는 태자가 알고, 내가 알며 또한 조정 대신들과 나라의 모든 백성들이 두루 알고 있는 사실이기도 하다. 그렇다면 과인이 과연 어찌해야 한다고 생각하느냐?”

“소자의 생각으로는 당의 우리에 대한 핍박과 술수는 시간이 지나면 자연스럽게 사라질 것이옵니다. 지금 필요한 것은 오직 시간이 흘러 저들이 자연스럽게 일의 전말을 따지고 깨달은 나머지 스스로 그만둘 수 있을 때까지 기다리는 일뿐이옵니다. 아바마마께서는 여유와 인내를 가지시고 조금 더 기다리시옵소서.”

법민의 거듭된 물음에 태자가 조심스럽게 자신의 의견을 말했다.

“그건 네가 저들의 집념을 과소평가한 나머지 너무 안일하게 대처한 결과이니라. 어찌 시간이 흐른다 해서 저들의 악랄한 독수가 스스로 그치겠느냐."

"아바마마……."

"태자는 들어라."

막 입을 열려던 태자를 법민이 가로막았다. 그리고 자신이 오랫동안에 걸쳐 심사숙고한 나머지 어렵게 결단을 내린 중요한 생각을 끄집어내기 시작했다. 눈빛은 활활 타오르고 있었으며, 목소리는 낮았으나 표정이 또한 엄하기 짝이 없었다. 아비로서 자식에게 내리는 추상같은 훈육과 명령에 다름 아니었다.

"네게 보위를 물려줄 것이니, 마음으로부터 차비를 서두르도록 하라."

법민은 분명하면서도 옹골진 결심을 밝혔다. 일종의 통고인 셈이었다.

"네? 그 무슨 분부이시옵니까?"

태자가 기겁을 하도록 놀란 나머지 황급히 되물었다.

"당의 거듭되는 핍박과 악랄한 술수에서 벗어나는 길은 그것뿐이란 사실을 너는 어찌 헤아려 깨닫지 못한단 말이냐?"

법민은 부자의 연은 물론 부부의 연까지도 냉정히 끊고 망명하려고 마음을 굳힌 상황인지라 모질게 태자를 대할 수밖에 없었다.

"아바마마! 그건 결코 옳으신 판단이 아니옵니다. 당과 친당파들이 서로 부화뇌동하여 성화를 부리고 있으나 잠시 인내하고 참아 기다리는 일이 상책일 뿐, 결코 아바마마의 양위가 옳은 방법은 아니옵니다. 통촉하시어, 명을 거두어 주소서."

태자는 엎드려 울며 뜻을 바꿔주기를 간청했다.

"어찌 계속되는 당의 술수와 모진 농간을 더 이상 견뎌낼 수 있겠느냐? 모든 불화의 원인이 모두 내게 있음을 능히 알고 있는데, 어찌 과인이 태자에게 양위를 도모하지 않을 수 있겠느냐."

비록 목소리는 작았으나 그 뜻은 분명해보였다.

"아바마마! 그 어찌 된 분부이시옵니까? 천 번 만 번 부당하신 말씀이옵니다. 제발 거두어주소서!"

태자가 크게 놀란 나머지 눈물을 줄줄 흘리며 말했다. 태자의 입장에서는 참으로 청천벽력과 같은 뜻밖의 사태였다. 그러나 태자의 반응이 저처럼 놀랍고 강한 거부의 태도를 보인다 해서 이미 결심을 굳힌 법민의 마음이 바뀔 리 없었다. 이에 법민은 태자를 향해 호통 아닌 호통을 치고 말았다.

"작금에 이르러 나라가 한껏 곤궁한 처지에 처했

다. 이를 타개하기 위해 과인이 태자에게 보위를 물려줌으로써 모든 일이 일시에 편안해질 것이다. 당의 빗발치는 성화도 그칠 것이며 또한 사직을 보존하고 만백성들의 안위를 보장받기 위해서도 그렇게 해야만 한다.”

“아바마마! 어찌 하루아침에 그런 황당한 결단을 내리시겠다는 말씀이십니까? 소자는 미처 정신을 차릴 여유가 없사옵니다.”

법민은 한껏 심각한 표정으로 더욱 냉정하게 말했다.

“태자는 잘 듣거라. 이 일은 하루아침에 내린 결단이 아니니라. 과인을 여전히 왕위에 머물도록 하려는 태자의 뜻은 오히려 백성들에게 감당할 수 없는 고통과 모진 수모만을 안겨줄 뿐이라는 점을 명심하도록 하라!”

법민은 태자를 바로 쳐다보며 준엄하게 말했다. 그 눈빛이 마치 불이 붙어 훨훨 타고 있는 장작더미처럼 이글거리고 있었다.

“아바마마!”

“과인은 이틀 후 날이 밝으면 바다로 나아가 배를 타고 왜로 건너갈 것이니라. 앞으로는 태자가 보위를 물려받아 일심을 바쳐 국사에 정진토록 하라. 오직 일념을 나라의 기틀을 바로 잡는 데 바쳐 그 정성이 하늘에 닿겠다는 각오로 사직을 지키고, 만백성들의 안위를 튼튼히 지키기 위해 혼신의 힘을 기울여 노력해야 할 것이다."

"아바마마께서 왜로 건너가신단 말씀이십니까?"

태자는 더욱 놀란 표정이 돼 입을 다물지 못했다. 양위를 하다못해 이번에는 왜로 건너가신다니 참으로 황당하고 놀라울 뿐이었다.

"이는 오직 구국의 일념으로써 태자와 과인이 택할 유일한 방법이다."

"아니 되옵니다!"

태자가 큰 소리로 외쳤다. 그러나 법민의 말이 더 빨랐다.

"조용히 하라 하지 않았느냐? 이 일이 만일 밖으로 새어나간다면 과인이 어렵게 선택한 계획이 모두 수포로 돌아갈 뿐만 아니라 이 아비는 여전히 당의 추적을 받을 것이라는 걸 어찌 깨닫지 못하느냐?"

법민이 태자에게 주의를 줬다. 그리고 다시 차갑게 말했다.

"이 일은 과인이 이미 결단을 내렸음이다!"

"소자의 능력으로는 나라의 사직을 지키는 일도

황망하고 능력에 미치지 못할 뿐 아니라 또한 아바마마께서 그처럼 멀리 떠나신다면 어마마마께서는 어찌 대처하라는 분부이시옵니까? 저희 모자에게는 참으로 감당하기 어려운 일이옵니다. 제발 마음을 돌이켜 살펴주십시오!"

태자는 여전히 눈물을 흘리며 한사코 법민이 뜻을 거두어주기를 바랐다.

"태자는 깊이 생각을 모아 보도록 하라. 왜의 처지로 말한다면 사면이 바다에 막힌 나머지 앞으로 틀림없이 삼한 땅을 침탈하려고 들것이니라. 지금으로서는 비록 아무것도 장담할 수 없는 상황이긴 하지만, 과인이 왜로 건너간 뒤에 몽매한 왜의 백성들을 깨우쳐 삼한과의 연관성을 주지시키는 한편 저들의 그릇된 야욕을 미리 봉쇄해 두려는 깊은 뜻이 있음이다. 어찌 일의 참된 뜻을 제대로 파악하지 못한단 말이냐?"

"아바마마! 하오나 아무런 연고도 없는 생면부지의 땅으로 건너가셔서 무슨 수로 저들을 회유하실 수 있을 것이며, 또한 양국의 백성들 사이의 연관성을 어찌 주지시킬 수 있겠사옵니까? 또한 그 과정에 얼마나 막심한 어려움을 겪으실 것인지 어찌 짐작할 수 있겠습니까? 절대 불가한 일이옵니다."

"지금 왜의 천황의 보위에 올라 있는 원영진인(原瀛眞人)이라는 자는 원래 대해인으로 불리던 자로 과인과는 이미 전자에 약간의 인연을 쌓은 바 있다. 그러니 결코 나를 홀대하지 않을 것이다. 태자는 마음을 단단히 먹어야 한다는 아비의 말을 듣지 않았단 말이냐? 이 일은 과인의 심중에서 이미 결단을 내렸으니 그리 알라."

법민은 엎드려 울고 있는 태자를 뒤로하고 자리를 박차고 일어섰다. 냉정하기가 이루 말로 할 수 없을 정도였다. 사사로운 정에 이끌린 나머지 자신의 의지가 꺾이는 것도 두려웠지만, 부자의 인연과 내외의 정까지도 매몰차게 끊어야 한다는 강박관념이 그를 이처럼 냉정하게 만든 것이다.

사실 법민에게는 왜의 천황과는 전날에 쌓은 은밀한 관계도 있었지만 왜의 도처에 자신이 심어놓은 인연과 지기들이 제법 널려 있었다. 신라에서 건너간 사람들이 밀집해 있는 신라촌만 하더라도 각 처에 무리를 이루고 있었다. 따라서 자신의 몸 하나는 능히 건사해 남은 여생을 의탁할 수 있다고 생각한 것이다. 아울러 그들 세력을 규합하고, 왜의 전역에 퍼져 있는 신라 백성들을 끌어모아 뜻을 한 곳으로 아우를 수만 있다면 기회를 적절히 포착하고 최대한 활용해 일신의 성취까지도 이룰 수 있으리라 믿었다. 그 어렵고 숱한 고난을 무릅쓰면서도 삼한일통을 이끌어낸 법민이었다. 그러니 일에 대한 두려움이나 의구심은 전혀 없었다. 스스로 몸을 던져 두 나라 사이에 혹시 움트게 될지 모를 불화의 싹을 사전에 잘라버릴 수만 있다면 결코 남은 여생이 헛되지 않을 것이며, 신라에서 이룩할 수 있었던 성취보다도 훨씬 더 가치 있는 성과를 구할 수 있으리라고 믿었다.

다음날 아침 일찍, 법민은 왕비와 나란히 사당에 들려 조상 제위와 부모님의 위패를 찾아 삼한에서의 마지막 문후를 드리는 예를 올렸다.

"그동안 왕비께서는 부덕한 과인을 만나 숱한 고난과 역경을 함께 해왔소. 왕비께서는 왕실 가문이 두루 번잡하도록 자손을 일구었으며, 또한 내전 깊은 곳에 앉아서도 과인을 보필해 세상의 모든 백성들로부터 칭송을 듣고 있음이오."

사당에서 나오며 법민이 왕비에게 은밀히 말을 건넸다.

"소첩의 공이라 하시니, 몸 둘 바를 모르겠나이다."

영문을 알지 못하는 자의왕비는 갑작스런 법민의 말에 부끄러워했다.

이윽고 밤이 되자, 법민은 은밀히 명을 내려 태자 이하 왕자들과 공주들을 모두 불러들였다. 자신의 피를 물려받은 자식은 비록 서자(庶子)와 서녀(庶女)라고 해도 모두 불러들였으니 그 수가 제법 많을 수밖에 없었다. 그리고 외부에는 대왕이 갑자기 큰 병이 들어 어의의 진맥을 받아야 한다고 기별하고 서둘러 의원을 불러들인 후 광길로 하여금 아무도 근처에 얼씬하지 못하도록 주위를 철저히 차단했다.

잠시 후 법민이 입을 열었다. 그 표정과 말투가 침착하고 의연하기가 이루 말로 할 수 없을 정도였다.

"오늘 밤 왕비와 태자, 그리고 과인의 소생들이 모두 모인 자리인지라, 과인으로서는 매우 긴요하고 중대한 결단을 내릴 것이니라. 더불어 이 자리에서 있었던 일은 철저한 기밀에 붙여질 것이므로 결코 경거망동해 비밀이 밖으로 새어나가게 해서는 안 될 것이니라."

그러자 왕비와 태자, 소생들이 함께 크게 놀라며

한바탕 울음을 터뜨렸다. 한편으로는 맥을 짚고 탕약을 끓인다며 법석을 떨기도 했다. 그러나 정작 법민 자신은 침착하기 그지없었다.

"내 보위에 올라 20여 년이 흐르는 동안 하루도 편히 쉴 날이 없었느니라."

"옳으신 말씀이옵니다. 참으로 다사다난했사오며, 아바마마께서 성취하신 대업 또한 그 누구도 일찍이 흉내 낼 수 없을 만큼 막중한 것이옵니다. 이제부터라도 아바마마께서는 모든 근심과 걱정을 잊으시고 옥체를 강건히 보존하시옵소서."

태자 정명이 눈물을 머금은 채 말했다. 정명은 여전히 법민의 결단을 따를 수 없었다. 이에 법민이 그 뜻을 바꿔주기를 바랐다.

"우리 신라의 오랜 숙원이었던 삼한일통을 빈틈없이 완수해 서적과 북적을 물리쳤으며, 또한 당을 멀리 북방으로 쫓아 다시는 우리 영토를 침범하지 못하게 하였느니라. 이로 인해 싸움터를 전전해야 했던 백성들은 모처럼 찾아온 평화에 감응해 칼과 창을 녹여 괭이와 낫을 만들어 생업에 종사하게 됐다."

"그러하옵니다. 이 모두가 아바마마께서 이루어내신 훌륭한 치적이옵니다."

태자가 무릎을 꿇은 채 머리를 조아렸다.

“내 이제 언제 죽음이 앞에 놓일지 알 수 없는 지경에 이르렀다. 하여, 태자에게 단단히 다짐을 받아둘 일이 있음이다.”

“아바마마, 어찌 그런 말씀을 하시나이까?”

태자가 깜짝 놀라며 자세를 바로잡고 물었다. 그러나 법민의 뜻을 잘 알고 있는지라 하염없이 눈물만 흘릴 뿐이었다. 법민 역시 신라에서의 생을 마감하고 체념해야 한다고 생각하니 감회가 벅차오를 수밖에 없었다. 숱한 고난과 영광, 갈등과 환호로 점철된 삼한 땅을 작별하고 바다 건너 이역으로 건너가 앞으로의 삶을 스스로 개척해야 한다는 생각에 한 가닥 회환과 함께 감정의 기복이 없을 수 없었다.

“예로부터 인간의 삶과 죽음은 무릇 스스로 좌우할 수 없는 법이라고 했다. 하물며, 어찌 사람이 스스로 천명을 거스를 생각을 하겠느냐? 내 비록 삼한의 백성들을 두루 아우르고 또한 땅을 크게 넓혀 일통의 대업을 마무리 지었다고는 하지만, 어찌 눈앞에 닥친 사직의 위태로움을 빤히 바라보며 방관할 수 있겠느냐? 그동안 선왕 이후로 과인에 이르기까지 백성들에게 참으로 못다 할 고난을 겪도록 만들었느니라.

이제는 말 없는 민초들에게 하늘에 맹세한 바를 스스로 지켜야 할 때가 되었느니라."

"아바마마! 하오나……."

태자는 엄청난 상황 앞에 말을 잇지 못했다.

"앞으로 우리 삼한 백성들에게 남아있는 우환이 따로 있으니, 그것은 바다 건너 왜의 발호로 인해 우매한 백성들이 지금까지보다도 더욱 끔찍한 고통과 고난을 겪을 것이라는 점이다. 오죽하면 그 때문에 과인이 죽은 후 동쪽 바다의 커다란 용으로 화하여 나라를 지키겠다고 결심했겠느냐? 과인은 내일 날이 밝는 대로 왜로 건너갈 것이니라."

법민의 말이 끝나자 숨죽인 채 앉아있던 사람들이 하나같이 놀란 나머지 입을 다물지 못했다.

"네? 그게 무슨 뜻이옵니까?"

"대왕 전하!"

하지만 법민은 침착하기가 깊은 물 속 같았다.

"이는 오직 왜의 무모한 뜻을 막아 도발을 방지하기 위한 수단이며, 당의 핍박에서도 벗어날 수 있는 유일한 방편이기에 스스로 선택한 것이니라."

"아바마마, 어찌 그런 참람한 말씀을 하시나이까? 마땅히 거두어 주시옵소서."

태자의 눈에서 눈물이 비 오듯 흐르고 있었다. 왕비를 비롯한 다른 왕자와 공주들 역시 황망한 사실에 크게 놀라 눈물만 흘릴 뿐 아무 말이 없었다.

"모두들 조용히 하라. 이 일이 세상에 알려지면 결코 안 될 것인즉, 지금부터는 기밀을 철저히 지키도록 하라!"

"아바마마!"

"태자는 내일 날이 밝거든 과인이 숨을 거두었다고 조신(朝臣)들에게 알리고 마땅히 장례절차를 밟되, 이 아비의 뜻을 고스란히 받들어 과인의 결단이 헛되지 않도록 만전을 기할 것이니라."

"소자로서는 참으로 받들어 모시기 어려운 분부이십니다. 마땅히 거두어 주소서!"

"태자는 과인이 어젯밤에 그처럼 경거망동하지 말라고 일렀던 하명을 벌써 잊었단 말이냐? 만일 이 일을 그르쳐 당이 눈치라도 챈다면 그로 인해 이 아비의 목숨을 어찌 보존할 수 있겠느냐?"

법민은 이글거리는 눈빛으로 정명을 쳐다보았다. 냉정해지지 않으면 일을 그르칠 수도 있다고 생각했기 때문이다.

잠시 후 법민은 자의왕비를 그윽한 눈길로 바라보

며 입을 열었다.

"그동안 과인을 보필해 일평생을 모두 바쳐 헌신해왔으며, 또한 태자 이하 여러 소생들을 낳아 길러준 왕비께 진심으로 고마운 마음을 표하는 바이오."

법민은 진심으로 왕비에게 감사의 마음을 전했다. 이제 헤어지면 언제 다시 만나게 될지 기약조차 할 수 없었다. 그만큼 애틋했으며 착잡함과 스스로 치밀어 오르는 격정을 억제하는 표정이 역력했다.

"마마, 소첩이 오히려 전하의 하늘과 같은 성은을 입어 일생동안 편안함을 얻었사옵니다. 어찌 전하께서는 소첩이 드려야 하는 말씀을 대신 하시옵니까?"

왕비가 눈물을 그치지 않은 채 겨우 말했다.

법민이 태자를 다시 돌아보며 말했다.

"지필묵을 준비해 대령하라."

"지필묵 말씀이옵니까?"

법민이 가만히 고개를 끄덕였다.

"아바마마! 소자의 미약한 힘으로나마 아바마마의 뜻을 돌이킬 수 있는 방법을 알려주십시오."

태자가 엎드려 간곡히 부탁했지만 이미 그 뜻을 꺾을 수는 없었다.

그때 자의왕비가 대왕의 의지를 되돌린다는 것이 어렵다는 것을 알고 태자에게 말했다.

"어찌 전하의 깊고 높은 뜻을 저버릴 수 있겠나이까? 태자께서는 어서 아바마마의 분부를 받들어 대령하시오."

어머니의 분부가 있고 난 다음에야 정명은 비로소 법민의 명을 받아들였다.

"알아 모시겠습니다."

태자는 밖에 알려 지필묵을 방안에 들였다.

"태자가 먹을 갈도록 하여라."

"예."

법민의 분부에 태자가 먹을 갈았다.

그리고는 붓을 들어 일필휘지로 거짓 유조(遺詔)를 남기기 시작했다. 그러자 이를 지켜보던 왕비와 태자, 그리고 방안에 있던 모든 사람들이 눈물을 흘리며 소리 내어 울기 시작했다.

법민의 유조(遺詔)는 다음과 같았다.

과인은 나라의 운(運)이 어지럽고 싸움의 때를 당해 서쪽을 정벌하고 북쪽을 토벌해 영토를 안정시켰고, 배반하는 무리를 치고 협조하는 무리를 불러들여 멀고 가까운 곳을 모두 평안케 했다.

위로는 조상들께서 남기신 사직을 받들어 염려를 안심시켰으며, 아래로는 부자(父子: 김춘추와 자신)의 오랜 원수를 갚았으며, 살아남은 사람과 죽은 사람에게 상을 두루 주었고, 벼슬을 내려 중앙과 지방에 있는 사람들에게 두루 균등하게 했다. 또한 무기를 녹여 농기구를 만들었으며 백성들을 어질고 장수(長壽)하는 땅으로 이끌었다. 아울러 세금을 가볍게 하고 요역(徭役)을 덜어주니 집집마다 넉넉하고 백성들이 풍요하며, 민간은 안정되고 나라 안에 근심이 없게 됐다.

곳간에는 곡식이 산언덕처럼 쌓였고, 감옥은 풀이 무성하게 되니 신과 인간 모두에게 부끄럽지 않고 관리와 백성들의 뜻을 저버리지 않았다고 할만하다. 그러나 스스로 온갖 어려운 고생을 무릅쓰다가 마침내 고치기 어려운 병에 걸렸고 정치와 교화에 근심하고 힘쓰느라 더욱 심한 병으로 전이(轉移)되게 됐다.

목숨은 가고 이름만 남는 것은 예나 지금이나 마찬가지이니 홀연히 긴 밤(죽음)으로 돌아가는 것에 어찌 한스러움이 있겠는가?

태자는 일찍이 밝은 덕을 쌓았으며 오랫동안 태자의 자리에 있었으니 위로는 여러 재상으로부터 아래로는 뭇 관원에 이르기까지 죽은 사람을 보내는 도리를 어기지 말고 또한 살아있는 사람을 섬기는 예의를 빠뜨리지 말라.

종묘의 주인의 자리는 잠시도 비워서는 안 되니 태자는 곧 관 앞에서 왕위를 잇도록 하라. 또 산과 골짜기는 변하여 바뀌고 사람의 세대도 바뀌어 점차 옮아가니, 오(吳)나라 왕의 북산 무덤에서 어찌 금으로 만든 물오리 모양의 빛나는 향로를 볼 수 있을 것이며, 위(魏)나라 임금이 묻힌 서릉(西陵)의 망루는 단지 동작(銅雀)이라는 이름만을 전할 뿐이다.

지난날 만사를 처리하던 영웅도 마침내는 한 무더기의 흙이 돼 나무꾼과 목동은 그 위에서 노래하고 여우와 토끼는 그 옆에 굴을 파는 것이 세상의 정해진 이치이다. 헛되이 재물을 쓰는 것은 서책(書冊)에 꾸짖음만 남길 뿐이오, 헛되이 사람을 수고롭게 하는 것은 죽은 사람의 넋을 구원하는 것이 되지 못한다. 가만히 생각하면 슬프고 애통함이 끝이 없을 것이나 이와 같은 일은 즐거이 행할 바가 아니다.

과인이 떠나고 난 후 열흘이 지나면 곧 고문(庫門) 바깥의 뜰에서 서국(西國)의 의식에 따라 화장(火葬)하라.

상복을 입는 등급은 정해진 규정이 있거니와 장례(葬禮)를 치르는 제도는 검소하고 간략하게 하는데 힘쓰라. 또한 변경의 성(城)과 진(鎭)을 지키는 일과 주(州), 현(縣)

의 세금 징수는 긴요한 것이 아니면 마땅히 모두 헤아려 폐지하고, 율령격식(律令格式)에 불편한 것이 있으면 곧 고치도록 하라. 멀고 가까운 곳에 널리 알려 이러한 뜻을 알리도록 할 것이며 주관하는 이는 차질(差跌)없이 시행토록 하라.

법민은 스스로 남긴 한 장의 유조(遺詔)에 그간의 일과 염려, 부탁 등을 모두 담았다. 그러나 처지가 다급한 가운데도 나라와 백성들에 관한 걱정과 안위를 잊지 않았다. 백성들의 안위를 염려하는 법민의 마음이 눈물겹도록 정명의 가슴에 와 닿았다. 떠나는 마지막 순간까지도 결코 자신의 본분을 잃지 않았으며 거짓 유지(遺志)를 남기는 일에도 전혀 빈틈을 보이지 않은 것이다.

태자 정명은 법민의 유조를 읽다 말고 눈물을 참을 수 없어 몇 번이고 눈가를 훔쳤다. 또한 차오르는 슬픔을 가누지 못해 여러 형제들과 얼싸안고 통곡을 터뜨려야 했다.

"태자는 내일 아침 날이 밝으면 과인의 유고(有故)를 세상에 알리고, 7월 초하루에 유조에 적힌 대로 장례절차를 밟아 백성들의 놀란 가슴을 진정시키도록 하라."

법민은 마지막으로 태자에게 이르는 것을 잊지 않았다.

"아바마마, 삼한 백성의 안위를 그처럼 염려하시는 아버님의 뜻을 어찌 잊을 수 있겠나이까? 성은이 망극하옵니다."

결국 태자는 법민의 뜻에 굴복할 수밖에 없었다.

법민은 마지막 날 밤을 그처럼 분주하게 보내고, 이튿날 아침이 되자 홀연히 몸을 움직여 감포 앞바다로 나아가 배에 올랐다.

뱃사공조차도 법민의 신분을 눈치채지 못할 만큼 철저히 비밀에 부쳐진 일이었다. 법민은 물론 광길까지도 미복을 차려 입고 있었으며, 법민의 엄명으로 인해 어느 누구도 포구에 나오지 못했다. 이로써 법민은 스스로 마무리 지어야 할 모든 절차를 매듭짓고 홀연히 신라를 떠났다. 그때 그의 나이 쉰일곱 살이었다.

바다의 물결은 잔잔했다. 끝없이 펼쳐진 망망대해를 가로지르는 갈매기의 모습은 오히려 한가롭기 그지없었다. 밝은 태양이 머리 위에서 땡볕을 내리쬐고 있었기 때문에 검푸른 물결이 마치 고기비늘처럼 빛나고 있었다. 간간이 스쳐 지나가는 갈매기들만이 복잡한 심사를 위로하듯 분주하게 날갯짓을 했다.

"대왕 전하."

바다 위를 떠도는 해조(海鳥)를 하염없이 바라보고 있는 법민에게 광길이 조심스럽게 다가와 불렀다.

"너는 참으로 어리석구나! 이미 신라를 떠나 정처 없이 떠도는 나그네 신세일 뿐인 나를 향해 어찌 그처럼 황당하고 어이없는 호칭을 쓸 수 있단 말이냐?"

법민은 광길을 뒤돌아보며 그의 어리석음을 꾸짖었다.

"하오나 전하, 소신이 어찌 전하의 심중을 헤아리지 못하겠나이까?"

"하하하, 그렇다면 더욱 각별히 신중을 기해야 할 것이다."

법민이 호탕하게 웃음을 터뜨린 후 다시 말을 이었다.

"너와 나는 전생에 질긴 인연의 매듭으로 엮인 것이 틀림없다."

"황공하옵니다, 대왕 전하."

광길은 몸을 굽혀 새삼스럽게 신하된 예를 갖추었다.

"너는 앞으로 남은 생을 나와 함께 할 자신이 있느냐?"

"어찌 소신이 전하를 떠나 다른 삶을 살 수 있겠사옵니까? 전하께서 내치시지만 않으신다면 이 몸이 죽는 날까지 전하를 모실 것이옵니다. 설사 불구덩이에 거꾸로 처박히는 일이 있다 한들 결코 전하의 곁을 떠나지 않겠사옵니다."

졸지에 마땅히 의지할 곳도, 등을 대고 누울 장소도 없어져 버린 두 사람은 더욱 친밀한 생각이 든 나머지 지금까지 보다도 더욱 견고하고 끈끈한 관계로 발전하고 있었다.

며칠 후 왜의 땅 축자(築紫: 쓰쿠시, 지금의 후쿠오카)에 닿았다. 근 일주일이나 걸린 여정(旅程)이었다. 이는 신라의 조정이 긴급을 요할 때 통상 사용하던 시네마와 길비(吉備: 기비)를 거쳐 난파에 이르는 비상항로(航路)로, 자신의 도래(到來) 사실을 왜의 조정에 알리기 위한 법민의 방편에 다름 아니었다.

육지에 닿자 법민은 해안을 지키는 지방 수군병사를 만나 우선 자신이 왜에 건너왔음을 조정에 급히 알리도록 했다. 두 사람은 천황을 직접 만나기 위해 신라에서 건너왔다는 사실을 주지시킴으로써 겨우 한 사람의 길라잡이와 두 필의 말을 얻어 남은 여정을 재촉할 수 있었다.

때는 7월 초입으로 가을에 접어드는 시기였다. 하늘은 높고 들에는 곡식들이 결실을 맺어가고 있었다. 사람 사는 곳이란 어디나 마찬가지라는 걸 말해주듯 왜의 땅 역시 만물이 어울려 생동하고 하늘의 조화와 천리의 변화에 순응하고 있었다.

"오늘이 과연 며칠이나 됐느냐?"

길비를 출발해 난파를 향해 가는 도중 법민이 광길에게 물었다.

"7월 초하루이옵니다."

광길이 옆에서 말을 나란히 한 채 대답했다.

"7월 초하루라……. 그렇다면 우리가 신라를 떠난 지도 벌써 일주일이 지났구나."

혼잣말을 내뱉는 법민의 표정이 허전해 보였다. 광길 역시 허망함과 스산한 느낌을 지울 수 없었다. 서라벌에서는 오늘 태자 정명이 대왕의 장례 절차를 밟아 거짓 시신을 화장(火葬)하는 날이리라 생각하니 자연 심사가 착잡해져 옴을 어쩔 수 없었다. 자신의 마음이 이처럼 걷잡을 수 없을 지경인데 대왕의 심사야 오죽하랴 하는 생각에 광길은 차마 법민의 용안을 살펴볼 용기마저 나지 않았다.

그 해 7월 초하루 조의 『일본서기』에는 다음과 같은 묘한 문장이 한 줄 실려 있다.

"가을 7월 1일, 주작(朱雀)이 보였다."
秋七月戊辰朔 朱雀見之
-『일본서기』 천무천황 10년 7월 초하루 조

여기서 일컫는 주작이란 붉은 봉황을 의미한다. 따라서 상상 속에서만 존재하는 동물인 봉황이 실제 사람의 눈에 보일 리 없으므로 이 기사가 참위설에 근거한 문장이라는 것을 능히 짐작할 수 있다. 주작은 예로부터 남쪽의 방위를 맡고 있는 신이라 하여 왕릉의 남쪽에 위치한 벽에 그려지는 벽화(壁畵)로서 존재하는 일이 많았으므로 음양오행설 속에서는 화덕(火德)에 속한다.

또한 문무왕릉비문에 다음과 같은 글도 보인다.

君靈源自夐繼昌基於火官之后峻構方隆
"임금의 신령한 근원은 먼 곳으로부터 이어져 화관지후(火官之后)에 바탕을 두고 창성(昌盛)했으니 그 기상이 높이 세워지고 또한 우뚝했다."

이는 화관지후의 후예인 신라가 화덕의 나라이며, 또한 신라의 문무왕 역시 화덕인 것을 알 수 있게 하는 대목이다. 총 2천 자 가량으로 추정되는 문무왕릉 비문은 4조각으로 깨어진 나머지 탁본에 의해 남아있는 글자는 모두 747자 정도밖에 되지 않는다. 그 가운데 제1석(石) 4행 가운데 위와 같은 문구가 나온다.

– 장전하수(長田夏樹)의 논문
〈신라 문무왕릉비문 초탐(文武王陵碑文初探)〉 중에서

한편, 법민의 승하 소식에 온 나라가 충격과 당혹감으로 들끓는 와중에서도 왕권에 눈이 멀어 반역을 꾀한 인물들이 있었으니, 바로 친당파들이었다. 그 주동자는 다름 아닌 흠돌이었다.

흠돌은 정해(丁亥: 627년) 생으로서 나이는 법민보다 두 살 어렸으나 동년배로 볼 수 있었으며, 병진(丙辰: 656년)에 화랑의 우두머리인 풍월주에 오를 만큼 나름대로 장부의 기개와 두둑한 배짱을 가지고 있었다. 또한 정명이 태자로 있을 때 그의 딸을 태자비로 삼았으니, 법민과는 사돈 사이이자 태자의 장인이기도 했다.

천존이 난을 일으키려다 실패해 참형을 당했음에도 불구하고, 호시탐탐 반역을 도모할 기회를 노리던 그는 갑자기 법민이 죽자 그 기회를 이용하려 한 것이다. 백제와 고구려를 차례로 멸하고 당과 싸움에서도 그의 공이 적지 않았다. 이에 법민으로부터 그 공을 인정받아 많은 하사품을 챙기고 일가도 넉넉히 일궈 부족한 것이 없던 그였다. 그러나 원래 성질이 불 같을 뿐만 아니라 고집과 뚝심 또한 남다른 데가 있었다. 일찍이 법민이 수세의 반역에 대한 기미가 포착됐을 때 전후 사정과 진실을 알아보라며 보냈을 때도 불문곡직 수세의 목부터 치고 돌아왔던 그였다. 다행히 수세의 역모가 사실로 드러나 천만다행이었으나 자칫하면 일을 크게 그르칠 뻔했다며 법민이 가슴을 쓸어내린 적도 있었다. 그 후로는 명확하지 않은 일에는 그가 관여치 말도록 했다. 그런 위인이었으니 자연 눈에 콩깍지가 끼어 흑심이 생긴 나머지 격에 어울리지 않는 미망(迷妄)을 여의지 못하고 난을 주도한 것에 다름 아니었다.

"이러한 절호의 기회를 잃는다면 과연 어찌 내가 제왕의 위에 오를 수 있는 행운을 얻겠는가?"

흠돌은 스스로 맹세하며 치밀하게 모반을 준비한 후 친당파들과 자신이 동원한 사병을 이끌고, 우선 야명궁(夜明宮: 태자 정명이 거처하는 궁)과 병부령 군관공(軍官公)의 집을 포위하고 태자를 압박함 동시에 상신 군관에게 말했다.

"군관공은 즉시 병부령의 직인(職印)을 넘기고 군사들의 무장을 해제하라. 그렇지 않고 대항하는 자가 있으면 모두 목숨을 부지하지 못할 것이다."

병부령이 가진 직인이 있어야만 군사들을 마음대로 이동시키고 관군과의 싸움에서 유리한 고지를 차지할 수 있었다. 그러나 그때 이미 저들의 수상한 동향과 상황의 위급함을 눈치챈 자의왕후는 북쪽 국경에 나가 있던 오기(吳起)공을 급히 귀경(歸京)토록 하여, 호성장군(護城將軍)의 직책을 맡고 있던 진공(眞功)의 벼슬을 파직시키고 오기공으로 대체해 태자를 보호하라는 명을 내렸다. 반역의 무리들을 물리칠 준비를 이미 끝내 놓고 있었던 것이다.

전임 호성장군이자 흠돌의 일당인 진공(眞功)에게 오기공이 말했다.

"공은 이미 왕명으로 호성장군의 직에서 물러났으니 마땅히 직인과 수하의 군사들을 내게 넘겨주시오."

그러나 진공이 쉽게 그 말에 따를 리 없었다.

"대왕 전하께서 와병(臥病)으로 돌아가시고 상대등 또한 합당한 문서를 내리지 않았는데, 어찌 중요한 직인을 가벼이 넘겨주겠는가?"

진공은 결코 물러서지 않았다. 그만큼 반도들의 저의가 치밀했으며, 흠돌의 속셈 역시 성성해 있다는 반증이었다. 이에 흠돌은 서둘러 무력을 사용해서라도 반역을 꾀할 마음을 굳히고 자신을 따르는 친당파들과 대소 군신들을 집결시켜 관군과 서로 대치하게 됐다. 궁궐 시위삼도(侍衛三徒)의 장수들마저도 대부분 흠돌의 편에 많이 가담하고 있었으니 친당파들의 발호와 득세가 그야말로 극에 달해 있었다.

그때 오기공의 심복인 화랑의 낭두 하나가 흠돌의 계획을 오기에게 미리 알려 저들의 속셈이 백일하에 드러나고 말았다. 그러나 자의왕후를 비롯해 태자와 조신들이 대책을 세워 대응하고자 했으나 힘에 부칠 수밖에 없었다.

"조정에서 녹을 받던 대신들과 많은 군사들이 저들의 편에 가담하고 있으니, 이는 매우 불길한 징조가 아니고 무엇이랴?"

자의왕후는 나날이 걱정이 늘어갔다. 이에 오기가 순지(順知), 개원, 당원(幢元), 원수(元帥), 용원(龍元)공 등과 힘을 합쳐 크게 세를 이룬 나머지, 사병들을 이끌고 비밀리에 정청에 나아가 변절한 대신들은 물론 삼도의 시위와 반역한 무리들의 벼슬을 모조리 파직하고 반당파들에게 위협을 가했다. 이에 흠돌은 전세가 역전돼 자신의 모의가 실패로 돌아갈 것을 걱정한 나머지 대궁(大宮: 내성에서 관장하던 3궁 중 하나)을 포위하기에 이른다. 그러자 서불한 진복(眞福)공이 수하의 군사들을 이끌고 북을 크게 울리며 반역한 무리들의 에움을 뚫고 들어가 외쳤다.

"흠돌 일당은 듣거라. 각 처에서 올라온 수많은 군사들이 지금 월성에 도착했다. 너희들은 적신(賊臣) 일당의 달콤한 말에 속은 나머지 크게 미혹됐으니, 즉시 무기를 버리고 투항하라. 그렇지 않으면 죽음을 면할 수 없음은 물론이거니와 삼족이 멸하는 끔찍한 죄를 스스로 짓게 될 것이다."

그러자 흠돌이 부하들을 향해 소리쳤다.

"상대등 군관과 각간 진복은 저처럼 허풍을 떨 뿐이다. 법민왕이 비밀리에 내린 조(詔)를 받아 정명을 즉위시켰으므로 너희들은 아무것도 걱정할 것이 없다.”

그리고 병부령 군관에게 군사들을 움직여 태자 쪽의 군사들과 대항할 것을 명했다. 그러나 군사들은 꿈쩍도 하지 않았다. 오히려 진복이 군사를 일으켜 공격을 해왔다. 자연 군사들의 사기가 떨어졌으며, 흠돌의 말을 의심한 나머지 사분오열(四分五裂)되고 말았다. 그러자 진복이 웅성거리는 적들을 향해 큰 소리로 외쳤다.

“좋다! 왕과 태자에게 충성할 사람은 오른쪽! 반역의 무리를 따를 사람은 왼쪽으로 서라!”

그러자 오른쪽으로 간 사람들이 훨씬 많았다. 이를 지켜보던 관군의 사기는 하늘 높이 충천할 수밖에 없었다. 세의 불리함을 느낀 흠돌은 일이 뜻대로 풀리지 않자 즉시 포위를 풀로 물러가려고 했다. 그러나 오기공과 진복의 군사들이 성성한 세를 이용해 공격을 해오니 당해낼 재간이 없었다. 또한 경외(京外)의 군사들이 급히 이르러 와서 서둘러 싸움에 가담하니 더 이상 견딜 재간이 없었다. 그러자 반역의 무리들이 불리함을 깨닫고 즉시 세 명의 반역 수괴를 사로잡아 바쳤다. 다름 아닌 소판(蘇判) 흠돌과 파진찬 흥원, 그리고 대아찬 진공이었다. 그들은 역모를 일으킨 주모자로 모조리 체포돼 참형에 처해졌다.

흠돌의 난을 평정한 자의왕후는 즉시 화랑제도를 폐지했다. 동시에 오기공으로 하여금 낭도들의 명단을 작성해 바치도록 했다. 그리고 낭도들을 모조리 병부에 속하도록 조치한 후 서당(誓幢)의 군사로 편입시켜 군무에 충실토록 명을 내렸다.

서당과 삼천당은 법민왕 시절, 법민이 직접 구성해 친히 거느렸던 군대였기에 왕후로서는 더욱 의미가 있는 일이었다. 화랑의 낭도들과 병부의 군사들의 관계가 밀접했기 때문에 모두 병부의 군사들로 흡수하는데 큰 무리는 없었다. 다만, 각 지방의 낭도들을 다루는 낭정(郎政)은 그대로 두었다.

여러 지방의 많은 낭도 조직 중에서 실직(悉直)의 조직기반이 가장 성하고 거리낌 없었다. 이에 중신들이 모두 나서서 오랜 역사를 지닌 화랑의 풍속을 갑자기 바꾸는 것은 순리에 어긋나며 어려운 일이라며 자의왕후에게 간했다. 이에 자의왕후는 어쩔 수 없이 뜻을 접을 수밖에 없었다. 그러나 풍월주의 이름을 바꿔 국선(國仙)으로 부르게 했다. 아울러 태자의 비는 그 아버지가 반역을 도모해 난을 일으키다 참형을 당했으므로 즉시 폐비(廢妃)하고 사가로 쫓아냈다.

8월 중순에 들어 정명은 각간 진복을 상대등으로 삼았다. 한편, 보덕왕 안승은 소형 수덕개(首德皆)를 사신으로 보내 역적을 토벌하고 반란을 진압시킨 일을 축하해주었다.

정명은 문무백관들을 모아놓고 다음과 같은 교서(敎書)를 내렸다.

공이 있는 사람에게 상을 내리는 것은 옛 성인의 아름다운 규범이오, 죄가 있는 사람을 처벌하는 것은 선왕의 훌륭한 법이다. 과인은 보잘 것 없는 몸과 두텁지 못한 덕으로서 숭고한 왕업을 지킴에, 먹는 것도 잊어버리고 새벽 일찍 일어나서 밤늦게 자리에 들 때까지 중신들과 함께 나라를 평안토록 했다. 헌데 어찌 상중(喪中)에 서라벌에서 반란이 일어날 줄 생각이나 하였으랴.

역적의 우두머리 흠돌, 흥원, 진공 등은 그들의 벼슬이 스스로의 재능에 의해서 오른 것이 아니며 관직은 오로지 조정의 은전에 의해 오른 것이다. 처음부터 끝까지 몸을 삼가며 부귀를 보존하지 못한 나머지 어질고 의롭지 못한 행동으로 복과 위세를 마음대로 부렸으며, 아래의 관료들을 업신여기고 아래 위 가릴 것 없이 모두를 속였다. 날마다 탐욕스러운 뜻을 거리낌 없이 드러내 보이고 포악한 마음을 멋대로 부렸으며, 흉악하고 간사한 자들을 불러들이고 궁중의 근시(近侍)들과 서로 결탁하여 화가 안팎으로 통하도록 하였으며 나쁜 무리들이 서로 도와 날짜와 기한을 정하여 반란을 일으키려 하였다.

과인이 위로는 하늘과 땅의 도움을 받고 아래로는 조상들의 신령스러운 돌보심에 힘입어, 흠돌 등의 악이 쌓이고 죄가 가득 차게 되자 이윽고 그 음모가 탄로 나고 말았다. 이는 곧 사람과 신이 함께 배척하는 바요, 하늘과 땅 사이에 용납될 수 없는 바이니, 도의를 범하고 풍속을 훼손함에 있어 이보다 더한 경우는 없을 것이다. 이 때문에 병사들을 동원해 효경(梟獍)같은 무도한 자들을 제거하려 하였더니, 혹은 산골짜기로 도망쳐 숨고 혹은 대궐의 뜰에 와서 항복했다. 그리하여 잔가지나 잎사귀 같은 잔당들을 찾아내어 모두 죽여 없앴고 3~4일 동안에 죄인의 우두머리들이 소탕됐다.

마지못한 나머지 어쩔 수 없이 취한 조치였으나 사람들을 놀라게 하였으니 부끄럽고 근심하는 마음이야 어찌 한시라도 잊을 수 있으랴. 지금은 이미 요망한 무리들이 숙청되어 멀고 가까운 곳에 우려할 일이 없으니, 소집하였던 병마들을 빨리 돌려보내고 시방에 포고하여 이러한 뜻을 알게 하라.

아울러 정명은 군관에게 스스로 자진할 것을 권고했다. 이는 비록 선왕에 의해 그가 상대등에 임명됐지만 나라의 병권을 쥐고 있는 병부령으로서 역도들이 크게 세를 일으켜 대궁을 포위할 당시 즉시 관군을 동원해 흠돌의 반군들을 토벌하지 않은 채, 태도를 분명히 하지 않고 우왕좌왕하며 시간을 지체함으로써 저들에게 유리한 기회를 제공한 것에 대한 실책을 물었던 것이다.

군관이 그 장자와 함께 스스로 목숨을 끊은 뒤 정명은 다시 교서(教書)를 내려 다음과 같이 말했다.

임금을 섬기는 법은 충성을 다하는 것을 근본으로 삼고, 벼슬살이를 하는 도리는 두 마음을 가지지 않은 것을 으뜸으로 여기는 법이다. 병부령 이찬 군관은 반열의 순서에 따라 마침내 높은 지위까지 올랐으나 군왕의 실수를 챙겨주고 결점을 보충하여 결백한 절개를 조정에 드러내지 않았을 뿐만 아니라, 임금의 명령을 좇아 제 몸을 돌보지 않은 채 사직에

선명한 충성을 표하지도 않았다. 또한 역신(逆臣) 흠돌 등과 사귀면서 그들이 마침내 반역을 도모하고 있다는 사실을 알고서도 일찍이 알리지 않았으니, 이는 이미 나라와 사직을 걱정하는 생각이 없었을 뿐 아니라 공사를 구분하여 몸을 던질 각오도 없는 것이니, 어찌 중요한 재상자리에 두어 국헌(國憲)을 함부로 흐리게 할 것인가? 마땅히 반역의 무리들과 함께 처형함으로써 뒷사람들의 기강 해이를 경계시키노라. 군관과 그의 친아들(嫡子)한 명을 자살토록 할 것이니 멀고 가까운 곳에 포교하여 모두에게 알리도록 하라.

비록 적극적으로 흠돌 일당과 작당하지는 않았지만 매듭을 분명하게 짓지 못한 채 역도들에게 시간을 벌어준 것만으로도, 군관은 자식까지 죽이게 되는 어리석음을 범하게 되는 결과를 낳은 것이다.

이러한 소식은 정명이 보낸 밀사를 통해 왜의 법민에게도 전해졌다. 그즈음 법민은 천황의 도움을 받아 신라의 정명과 서로 은밀히 소식을 주고받는데 아무런 지장을 받지 않았다. 왜에서 이 소식을 전해들은 법민은 자신이 왕위에 있을 때 친당파들을 철저히 가려내 미리 처단하거나 반란의 소지를 아예 없애

버리지 못한 것을 후회했다.

저들의 계보를 파악해 불순분자들을 색출해내 처단하는 등의 조치는 물론, 반란의 무리들이 서로 짝을 짓는 일을 처음부터 아예 잘라버렸다면 오늘에 이르러 정명이 친당파들의 반란으로 마음을 쓰지 않아도 될 것이라는 아쉬움이 가슴을 쳤다.

이치의 죽음

법민이 왜에 건너온 지 어느덧 일 년이 지났다. 그동안 그는 천황이 거처하는 궁궐 깊숙한 곳에 자리한 후원 별장에서 광길과 함께 지냈다. 만사와 어지러운 시름을 동시에 잊어버린 듯 일견 편안한 모습이었으나 한편으로는 삼한의 일이 자못 궁금하고 걱정된 나머지 밤이면 잠을 이루지 못한 채 뜰을 배회하곤 했다.

"새해가 되면 손자 손녀들이 구름처럼 몰려와 세배를 올리며 재롱을 떨었는데, 이처럼 바다를 건너 멀리 떠나왔으니, 어찌 그런 즐거움을 다시 맛볼 수 있을고……."

법민은 자신도 모르는 사이에 고향을 그리는 망향에 흠뻑 젖곤 했다. 깊은 밤 차가운 야기(夜氣)에 젖어

얼어붙은 정원의 헐벗은 나무 밑을 거니는 법민의 심사는 착잡하기 그지없었다.

"전하께서는 심기를 추스르십시오. 어찌 지난 일을 새삼 돌이켜 마음을 어지럽히시는지요?"

광길 역시 잠을 이루지 못하는 법민의 뒤를 따르며 여명을 지켜보았던 일이 한두 번이 아니었다.

정월 초사흘에 법민은 원영진인천황이 향소전(向小殿)에서 베푸는 연회에 광길과 함께 참석했다. 천황은 친왕 이하 여러 왕들을 내안전(內安殿)에 불러들인 후 향기로운 술과 백여 가지 음식으로 제왕들을 위로했다. 법민 역시 맘껏 마시고 취한 나머지 울적하고 침잠한 심사를 모처럼 떨쳐버릴 수 있었다.

얼마 후 반란을 주도했던 흠돌의 여식인 왕비를 폐한 정명의 혼사 소식이 들려왔다. 정명은 쫓아낸 왕비를 대신해 일길찬 김흠운(金欽運)의 둘째 딸을 부인으로 맞아 왕비로 삼았다. 삼한 땅을 유일하게 일통한 통일신라의 정통 대왕이 처음으로 혼인의 예를 올리는 의식이었는지라, 그 규모가 성대하고 화려함은 물론이고 예단과 폐백을 실은 수레만도 백여 대가 넘을 만큼 성대했다. 새로 왕비가 될 신부가 왕궁으로 드는 날 흠운의 집에서부터 대궐 입구에 이르기까지 구경꾼들이 장사진을 이룰 정도였다.

"새 왕비의 미색이 과연 절색이로구나."

정작 가마 속에 앉은 신부의 얼굴을 구경하지도 못했지만 흥에 겨워 감탄하는 떠꺼머리총각이 있는가 하면,

"나라의 임금이 새 장가를 드는 자리이니 저 정도의 혼수는 당연한 것 아니겠나?"

국운의 융성함에 만족을 표하고 흥에 겨워하는 사람들의 모습도 보였다.

"부마의 자리에 있으면서도 무엇이 부족해 역모를 일으켜 여식의 신세를 하루아침에 거지꼴로 만들었을고?"

쫓겨난 왕비와 새로 들어오는 왕비를 새삼스럽게 비교하며 팔자의 기구함을 저울질하는 아낙의 모습도 엿볼 수 있었다.

다시 일 년이란 세월이 흘렀다.

어느 날 천황이 손수 법민을 불러, 모처럼 술이나 한 잔 나누며 서로의 심기를 다스려보자는 전갈을 보내왔다. 법민은 광길을 대동하고 원영진인천황의 은밀한 처소에 들었다. 천황이 기다리는 별채에 이

르렀을 때는 이미 주안상이 마련돼 있었다. 세 사람은 즉시 잔을 주고받으며 한담(閑談)을 나누었다.

"대왕께서는 이곳 생활이 적적하시지 않으십니까?"

천황이 법민의 잔에 술을 따르며 물었다. 그는 아직도 법민에게 대왕이라고 부르고 있었다. 서로 함부로 대하기 어려운 처지라는 걸 천황이 먼저 인정한 것에 다름 아니었다. 대 신라국의 대왕이었던 사람이 왜에 몸을 의탁한 나머지 저들에게 다소 신세를 지고 있지만, 결코 무시할 수 없다는 점에서 천황의 깍듯한 예우는 오히려 당연한 것이었다.

"하하하, 소인이 당의 핍박을 모면키 위해 천황께 겨우 몸을 의탁해 신세를 지게 된 지도 어느덧 몇 해가 지났으니, 이제는 나름대로 이골이 난 나머지 오히려 편안하기 그지없사옵니다. 하하하……."

법민이 서둘러 웃음으로 얼버무리자 천황과 광길 역시 동시에 웃음을 터뜨렸다. 그러나 법민이라고 해서 어찌 자신의 마음속에 갈무리해둔 신산이 없겠는가? 오히려 법민은 자신의 갑갑하고 막연하기만 한 심중을 그런 식으로나마 위로받고 싶었다. 그러니 웃음의 뒤끝이 허전하기 짝이 없었다.

"참으로 죄송한 마음을 금할 길이 없사옵니다. 짐이 원래 이곳 일본국을 다스리던 백제의 핏줄을 정통으로 이어받은 위인이 못되는지라, 어찌 매사가 원만하게 풀릴 수 있겠습니까? 이제 날씨도 풀려 따뜻해졌으니, 짐이 대왕께 산천을 두루 돌아보도록 편의를 마련해 드리겠습니다. 대왕께서는 무겁고 갑갑한 마음을 훨훨 털어 버리고 왜의 천하 어디든 맘껏 유람해 보시는 것이 어떻겠습니까?"

천황이 왜국의 산천을 두루 돌아보기를 권했다.

"참으로 고마우신 배려일 뿐입니다."

이에 법민이 감사를 표하자, 천황이 다시 입을 열었다.

"오늘 당나라에서 사신이 이르러 왔는데, 당의 이치가 비로소 명을 달리했다고 합니다."

천황은 비로소 법민을 보자고 연통을 넣었던 연유를 말했다.

"아니, 그게 참이란 말씀이십니까?"

깜짝 놀란 법민이 천황에게 되물었다.

"하하하, 사람이 살고 죽는 것은 한순간의 일일 뿐만 아니라 인명은 재천이라 하였는데, 대왕께서는 어찌 그다지 놀라십니까?"

천황이 크게 놀라며 법민의 반응이 의외라는 듯 물었다.

"천황께서 도무지 믿어지지 않은 소식을 소인에게 전해주는지라 놀라지 않을 수 없을 뿐이옵니다."

법민이 스스로를 한껏 낮추며 대답했다.

"이곳 왜국도 마찬가지지만 대왕께서도 그와의 인연이 결코 짧다고만 볼 수 없지 않습니까?"

"어찌 짧다 말할 수 있겠습니까? 참으로 오랜 세월에 걸쳐 질긴 곡절과 아름답지 못한 인연으로 맺어진 갈등과 반목의 사이라고 볼 수 있지요."

법민은 회상에 잠기듯 잠시 눈을 감았다. 이치가 죽다니……. 진덕여왕 4년 당에 갔을 때 이치와 처음 만났던 일과 스스로 움직일 수 없을 정도로 비대한 나머지 깜짝 놀랐던 일들이 떠올랐다. 아울러 자신을 왜로 망명하게끔 만든 장본인지라 착잡한 마음을 가눌 수 없었다.

이치는 쉰여섯 살의 나이로 병사해 건릉(乾陵)에 묻혔다. 그에게 내린 시호는 '고종천황대성대홍효황제(高宗天皇大聖大弘孝皇帝)'였다.

이로써 법민은 자신을 향한 당의 빗발치는 핍박과 숨 돌릴 틈 없이 몰아치던 압박으로부터 벗어날 수 있었다. 아울러 이치의 뒤를 이어 여황제(女皇帝)에 오른 측천무후는 자신의 안위와 권력을 지키기에 급급한 나머지 주변 나라들에 미처 손을 쓰지 못했다. 이에 법민의 마음은 다소 가벼워질 수 있었다.

암투

법민이 왜에 망명한지도 어느덧 6년이란 세월이 흘렀다.

그 동안 법민은 꾸준히 왜의 정세를 면밀히 파악하는 한편 자신의 입지를 호전시킬 기회를 노렸다. 그러다보니 스스로 서둘러 준비해야 하는 일과 가장 적절하게 처신하는 방법 등을 연구하지 않을 수 없었다. 자연 행동은 신중할 수밖에 없었으며, 작은 움직임 하나라도 남의 눈에 뜨이는 것을 극구 경계하고 조심할 수밖에 없었다.

말하자면, 스스로의 의중을 들키지 않도록 숨기고 은인자중하는 한편 일시에 도약할 준비를 꾸준히 서두르고 있었던 것이다. 마침내 온갖 시련과 천신만고의 각고를 무릅쓴 끝에 천재의 일우가 찾아왔다.

15년 동안 숨죽이고 있던 왜의 백제계(천지천황)를 위시한 친당파들이 불온한 움직임을 보이기 시작한 것이다. 불안함을 느낀 원영진인천황은 친당파들을 중심으로 중신들에게 나누어준 식읍(食邑)을 모두 나라에 되돌려놓으라는 명을 내렸다. 그러나 그런 극단적인 조치는 오히려 저들의 반감을 더욱 부채질하는 결과를 낳고 말았다.

고구려 사람 연개소문이 난을 일으켜 갑자기 황위에 오른 나머지 지리멸렬해 있던 백제계 구신(舊臣)들과 친당파들은 천지천황의 아들 고시(高市皇子)를 중심으로 똘똘 뭉쳐 급격히 세력을 형성했다. 그 결과, 반대파인 대진황자(大津皇子)를 중심으로 한 세력과 나름대로 호각지세를 이루게 됐다. 대진황자는 천지천황의 외손자였다. 이에 따라 왜의 정국은 한 치 앞도 분간할 수 없는 혼란에 휩싸이게 됐다.

왜의 모든 군사적인 실권은 양대 군벌(軍閥) 집안인 물부(物部:모노노베)가와 대반(大伴: 오오도모)가가 가지고 있었다. 그러나 물부련마려(物部連麻呂)는 고시황자를, 대반안마려(大伴安麻呂)는 대진황자를 지지하는 상황이었다.

임신의 난 이래로 원영진인천황을 극진히 모시며

충성을 다짐해오던 신하들, 이를테면 기아폐마려(紀阿閉麻呂), 대분혜척(大分惠尺), 율외왕(栗외王: 구루구마로 오오기미), 사인왕(舍人王: 도네리노 오오기미), 치협왕(稚狹王: 와까사노 오오기미), 석천왕(石川王: 이시가와노 오오기미), 물부웅군(物部雄君), 삼륜자수(三輪自首) 등의 충신들은 그동안 차례로 죽고 없는 상황이었다. 이제 그의 주변에 남아있는 사람으로는 토야황후와 초벽황자, 그리고 신하로서는 다품치(多品治)를 포함한 몇 명이 유일했다.

법민의 퇴위와 태자의 즉위를 요구하며 법민을 핍박했던 당은 그 무렵 이미 왜에도 원영진인(연개소문) 천황의 퇴위와 태자 책봉 및 새로운 왕의 즉위를 요구하는 밀사를 파견했다. 이는 원영진인천황 즉위 7년 11월에 난파(難波: 오사카)에 외성(外城)을 쌓고 도성 부근의 용전산(龍田山)과 대판산(大坂山)에 관문(官門)을 설치하라는 명을 천황이 내렸기 때문이었다. 난파는 왜의 도성과 대궐로 들어오는 길목에 위치해 있었는데 그곳 산길에 관문을 설치하라는 명을 내린 것은 전에 없던 일이었다.

왜의 도성은 축자(筑紫)에서도 한참 내륙으로 깊이 들어온 곳에 있었기 때문에 굳이 그런 명을 내릴 필요가 없었다. 때문에 그 일은 다분히 당을 의식한 나머지 저들이 불시에 바다를 건너 침공할 것을 염려한 유비무환의 대책에 다름 아니었다.

정월 초이틀에는 천황이 여러 왕경(王卿)들에게 연회를 베풀었다. 법민 역시 광길과 함께 당연히 연회에 참석했다. 그는 천황의 개인적인 손님 자격으로 매년 정초에 천황이 제왕들을 거느리고 연회를 열 때마다 참석해 천황과 나란히 상석에 앉았다. 광길 역시 삼한의 대왕 시절부터 법민을 가장 가깝게 모신 측근이라는 걸 모두 알고 있었기에 연회에 참석하는 데 전혀 무리가 없었다.

그해 여름 7월 스무날 왜는 개원(改元)하여 주조(朱鳥: 이를 일컬어 阿訶美苔利: 아가미도리) 원년이라 했다. 또한 천황이 머물고 있던 궁의 이름을 비조정어원궁(飛鳥淨御原宮)이라 개칭해 새롭게 정했다.

이즈음, 당은 원영진인천황의 퇴위와 대진황자를 태자로 책봉하라는 내정 간섭을 일관되게 요구하고 있었다.(이미 왜의 전권을 장악한 인물이 과거 고구려의 연개소문이라는 것이 만천하에 알려져 있었다.) 그러나 원영진인천황이 당의 요구를 순순히 들어줄 리 없었다.

천황은 대진황자가 아닌 초벽황자를 태자에 책봉함으로써 당에 정식으로 반발하고 나섰다. 그러자 당의 사주와 지원을 받고 있던 대진황자가 당의 뒷심을 믿고 모반을 일으키고 말았다. 더 이상 시간을 허비하다가는 초벽황자에게 결국 황위가 넘어갈 것을 염려해 선수를 친 것이다. 더구나 천황은 이미 병이 든 나머지 자리에 누워 언제 생을 마감하게 될지 예측할 수 없는 상황이었다. 그것이 그의 조바심을 더욱 재촉했는지도 모를 일이었다. 그러나 그가 미처 거사를 일으키기도 전에 상황은 전혀 엉뚱한 방향으로 흐르고 말았다.

7월 중순에 들어 번개가 남방에서 번쩍하고 한 번 크게 울었다. 그로 인해 민부성(民部省)의 장용사옥(藏庸舍屋)에 불이 났다. 이에 어떤 사람이 말하기를,

"인벽(忍壁)황자의 궁에서 실화(失火)한 것이 민부성을 불태웠다."라고 했다. 이에 불안함을 느낀 천황이 병환 중임에도 불구하고 칙하여 "천하의 일은 대소를 불문하고 모두 황후와 황태자에게 말하라."라고 명을 내렸다.

戊申, 雷光南方, 而一大鳴, 則天災於民部省藏庸舍屋, 或曰, 忍壁皇子宮失火延, 燒民部省, 癸丑, 勅曰, 天下之事, 不問大小, 悉啓于皇后及皇太子.

– 『일본서기』 주조 원년 7월 조

8월이 되자 병이 들어 몸져누운 천황의 회복을 위해 80명의 승려를 출가시켰다. 다음 날에는 승니(僧尼) 100명을 선발해 출가시켰다. 아울러 100좌의 보살상을 궁중에 안치하고 관세음경(觀世音經) 200권을 읽도록 했다. 그로부터 며칠 후에는 주기촌석승(奏忌寸石勝)을 보내 폐백을 토좌대신(土左大神)께 바쳤으며, 황태자와 대진황자, 고시황자에게 각각 봉호 400호를 하사했다. 천조(川島)황자와 인벽황자에게도 각각 100호를 하사했다.

그러나 여전히 천황의 병에 차도가 없자, 천황 이하 제신에 이르기까지 모두 천원사(川原寺)에 모이도록 해 천황의 건강을 비는 서원을 했다. 그러나 끝내 천황은 병을 회복하지 못하고 9월 아흐레에 붕어하고 말았다.

그러자 황후가 즉시 조정에 임해 스스로 황제라 칭했다. 대진황자가 계획하고 있던 모반에 미처 착수하기도 전에 갑자기 닥친 일이었다. 대진황자로서는 거사의 호기를 놓친 것에 다름 아니었다. 그러나 그의 집념은 거기서 끝나지 않았다.

황후는 고천원광야희천황(高天原廣野姬天皇: 지통천황)으로서 어릴 때의 이름은 노야찬양황녀(鸕野讚良皇女)였다. 천지천황의 둘째 딸이었다.

열하루 날에 비로소 천황의 죽음을 알려 대궐의 남쪽 정원에 빈궁(殯宮)을 세우고 백성들이 곡(哭)을 하도록 했다. 그러던 중 대진황자가 모반을 꾀하려다 발각되는 일이 일어났다. 천황이 죽은 지 채 한 달이 되기도 전의 일이었으므로, 모든 사람들이 놀랍고 기이한 일이라며 입을 모았다.

천황은 즉시 대진황자를 체포하고 그를 따르던 직광삼 팔구조신음강(八口朝臣音橿), 소산하(小山下) 일기연박덕(壹伎連博德), 사인(舍人) 려저도작(礪杵道作) 등과 함께 신라의 승려 행심(行心)을 포함해 30여 명을 동시에 체포했다.

신라 사문 행심은 천문(天文)을 잘 풀고 점을 잘 치는 자였다. 그가 대진황자에게 말하길 "태자의 골상을 보아하니 신하의 상이 아니라 오랫동안 아랫자리에 있으면 오히려 몸을 보전하기 어려우니 차라리 역모를 도모하는 것보다 이롭지 못하다."라고 했다. 이 말을 믿고 대진황자는 모반을 일으켰으니, 아아, 아까운 일이로다. 훌륭한 재능을 지녔으면서도 충효로서 몸을 보전하지 못하고 간교한 중을 가까이 한 나머지 꾐에 빠져 죽임을 당하는 욕을 보고 스스로 생을 끝마치니, 이는 옛사람이 사람을 신중히 사귀라는 뜻을 다시 돌이켜보도록 하는 일에 다름 아니다.

-『일본서기』 천무천황 주조 원년 7월 무신조

다음날 대진황자를 역어전(譯語田)의 집에서 사사(賜死)했는데 그의 나이 24세였다.

대진황자의 아내인 황녀(皇女) 산변(山邊: 역시 천지천황의 딸로 지통천황의 동생이다.)은 난발(亂髮)한 채 울부짖으며 맨발로 뛰쳐나와 남편에게 매달려 통곡하다가 끝내 같이 죽고 말았다. 그러자 이를 지켜보던 사람들이 모두 흐느껴 울었다. 이에 천황이 조를 내려 말했다.

"황자 대진이 모반하려 했다. 속은 관리와 사인(舍人)들은 부득이 한 점이 없지 않다. 그러나 이미 그가 죽었으니, 그에게 종자로서 연루된 자는 모두 용서하

라. 다만 려오도작은 이두(伊豆)에 유배토록 하라.”

잠시 후 천황이 또 다른 조를 내렸다.

“신라의 승려 행심은 황자 대진이 모반하는데 뜻을 같이했지만, 짐은 차마 그에게 죄를 물을 수 없다. 고로 그를 비탄국(飛驒國)의 가람(伽藍)으로 옮기라.”

新羅沙門行心, 與皇子大津謀反,
朕不忍加法, 徒飛驒國伽藍

– 『일본서기』 지통천황 즉위전기

해가 바뀌었다.

정월 초하루에 초벽황자(草壁皇子)가 제왕(諸王)과 제신(諸臣)들을 이끌고 빈궁(殯宮)에 나아가 통곡하여 슬픔과 안타까움을 표했으며, 납언(納言) 포세조신어주인(布勢朝臣御主人)이 관 앞에 나아가 뢰(誄)하여 고인이 된 원영진인천황에게 예의를 표했다. 참석한 사람 모두가 스스로 곡하기를 망설이지 않았다. 그 뒤를 이어 승려들이 곡을 했다. 아울러 봉선(奉膳) 기조신진인(紀朝臣眞人) 등이 나아가 전(奠)을 올리자 선부(膳夫), 채녀(采女)들이 다투어 앞으로 나아가 다시 곡(哭)을 했다.

법민은 뭇 사람들 앞에 모습을 드러내며 나서서 관여하는 일을 극히 자제했다. 앞으로 취해야 할 자신의 행보와 진로를 의식한 나머지 은밀함을 중시여긴 탓이었다.

여름이 되자, 축자대재(筑紫大宰)가 신라에서 건너온 승려 및 백성 22명을 조정에 바쳤다. 고천원광야희천황은 이들에게 무장국(武藏國)에 가서 살도록 하고 전지와 식량을 줘 생업을 안정시켰다. 이 역시 천황이 별궁에 머물고 있는 법민을 의식한 나머지 분에 넘치는 호의를 베풀어준 결과였다.

5월에는 정명으로부터 맏아들이 태어났다는 기쁜 소식이 날아들었다. 정명이 김흠운의 둘째 딸을 맞아 새롭게 장가를 들게 된 것이 벌써 4년 전의 일이었다. 그런데 뒤늦게 비로소 득남을 했다는 소식이 들려온 것이다. 법민은 왕실에 오랜만에 찾아든 경사라며 반가운 마음을 감출 수 없었다. 그리고 은밀히 사자(使者)를 신라에 보내 정명이 득남해 왕실의 대를 잇게 됐음을 축하했다. 아울러 작년에 죽은 강수에 대해서는 애석함을 금치 못하겠노라고 전했다. 자신의 재위시절 당과의 갈등이 심각했을 때 강수의 뛰어난 문장과 세치 혀로 인해 심각한 위기에서 벗어난 일이 여러 차례 있었기 때문에, 이때에 이르러 그의 공을 새삼 돌이켜보며 그의 죽음에 대한 착잡한 심사를 글로 적어 보냈던 것이다.

한편, 8월 닷새에 원영진인천황의 빈궁에 신곡(新穀)을 올렸다. 어청반(御青飯)이라 해서 돌아가신 천황께 올리는 그 해의 새로운 곡식과 과일을 말한다. 그리고 천황 서거 일 년을 맞아 경사(京師)의 여러 유명 사찰에서 재(齋)를 올렸다. 신라에서는 사신 김상림(金霜林), 급찬 김살모(金薩慕) 등이 이르러 와서 국정을 주청(奏請)하고 조부(調賦)를 올렸다. 법민은 별궁에서 그들 일행을 따로 만나 오랜만에 삼한 땅의 소식을 들으며 시간 가는 줄 몰랐다.

해가 바뀌어 춘 정월 초하루에는 초벽태자가 제왕과 제신들을 이끌고 빈궁에 가서 통곡했다. 다음 날에는 승려가 통곡하고 극락왕생과 돌아가신 원영진인천황의 명복을 빌기 위해 천도(遷度)의 재를 올렸다.

며칠 후에는 약사사(藥師寺)에서 무차대회를 열었다.

그믐께에 이르러서야 비로소 천황이 붕(崩)했음을 신라의 사신들에게 정식으로 알리자 김상림 등이 빈궁에 나아가 세 번 곡을 했다.

2월 들어 대재(大宰)가 신라에서 조부로 들여온 금(金), 은(銀), 견(絹), 포(布), 피(皮), 동(銅), 철(鐵) 등과 함께 따로 가져온 불상(佛像), 각종 채견(彩絹), 새와 말 등 십여 가지를 바쳤다. 이에 천황이 국사를 관장하고 있었기에 상림 등에게 축자관(筑紫館)에서 향응을 베풀었으며, 그믐에 일을 마치고 신라로 돌아갔다. 법민으로서는 아쉬운 마음을 달랠 길이 없었지만 각자 맡은 소임이 있는 자들을 오래 붙잡아둘 수 없는 노릇이었다. 안타까움에 한동안 마음을 달래느라 큰 애를 먹었다.

그러던 어느 날, 황태자 초벽황자존(草壁皇子尊)이 갑자기 훙(薨)했다. 갑작스런 그의 죽음에 법민과 광길은 깜짝 놀랐다. 대권을 이어받아 나라를 다스려야 할 태자가 갑자기 명을 달리했기 때문에 법민은 그 일이 혹 자신의 야망에 어떤 영향을 미치게 될 것인지 깊이 헤아려보았다. 그리고 아직 자신이 전면에 나서는 것은 적절하지 않다는 결론을 내렸다.

며칠 후 왜에 건너와 불법을 연구하고 포교(布教)하던 학문승 명총(明聰)과 관지(觀智) 등이 신라로 돌아갔다. 그들이 성취한 학문이 이미 목표에 이르러 닿았기 때문이었다. 법민은 그들이 마련한 금동(金銅) 아미타상(阿彌陀像), 금동의 관세음보살상(觀世音菩薩像)과 대세지보살(大勢至菩薩)상 각 1구(軀), 채백(綵帛), 금(錦), 능(綾) 등을 천황에게 바쳤다.

신라에서 조문 사신으로 김도나(金道那) 일행이 도착했다. 별궁에 머물며 신라에서 조문 사신이 온다는 기별을 받은 법민은 몹시 그들을 기다렸다. 그러나 이르러 온 자가 급찬 도나라는 사실을 알고 실망을 금할 수 없었다. 기대가 여지없이 어긋나 버렸음은 물론 나라와 나라 사이에 지켜야 할 마땅한 예의에도 어긋난 일이었기 때문이다.

"정명이 어찌 이런 실수를 범할 수 있단 말인가? 더구나 아비가 왜에 이처럼 몸을 의탁하고 있는 형편이거늘……."

법민은 실망한 나머지 생각에 생각을 거듭했다. 자신이 보위에 있었을 때 왜에 사신으로 보낸 자들의 등급이 일길찬이었으나, 이번에는 2등급이나 낮은 급찬을 선발해 보낸 것에 대해 의구심을 거둘 수 없었다. 정명의 결례를 마음속으로 탓할 수밖에 없었다. 왜에 건너와 많은 신세를 지고 있는 법민을 조금이나마 헤아리고 배려했더라면, 결코 이런 허술한 조문단을 구성해 파견하지는 않았을 것이라는 생각이 들었다. 그 때문에 모처럼 듣게 될 삼한의 소식마저 취할 기분이 가셔버렸다. 얼마나 그립고 듣고 싶었던 삼한의 소식이던가? 신라에서 사신이 오고갈 때마다 법민은 필히 그들을 따로 만나 삼한 땅의 궁금한 소식을 시시콜콜 따져 묻는 한편, 자신의 근황을 세세히 알려주기를 마다하지 않았다.

이번 일로 인해 법민은 고천원광야희천황을 떳떳하게 대할 수 없었다. 왜국의 천황으로서 그녀가 그동안 자신에게 베풀어준 배려와 고마움 또한 막중한 것이었기 때문이다. 원영진인천황의 상을 알리려 왜의 사신이 신라에 닿았을 때도 소판으로 하여금 조를 받게 했다는 소식에 당황했던 법민은 이번 조문 사신으로 인해 더욱 망연자실할 수밖에 없었다. 제아무리 당의 눈치를 봐야 하는 어려운 처지라는 것을 감안한다 해도 전례에 비춰 확실한 실수였던 것이다.

법민은 급히 대극전으로 나아가 고천원광야희천황을 배알하고, 도나 등이 가져온 조부와 방물들에 대해서 그 미흡함을 거론한 뒤 일절 수납하지 말 것을 주청했다.

"폐하, 이번 일은 전례에 어긋나는 결례일 뿐만 아니라 나라와 나라 사이에 마땅히 지켜야 할 도리와 격식을 스스로 저버리는 행위이옵니다. 따라서 부모로서 자식을 교화하고 따끔하게 가르치는 일에 다름 아니오니, 소신의 청을 가납하여 주십시오."

"호호호, 대왕께서는 이번 일로 심기가 심히 불편한 듯싶사옵니다."

고천원광야희천황이 웃으며 법민을 위로했다.

"전하의 뜻이 정녕 그러시다면 짐이 과연 그 뜻을 따르지 않을 수 있겠습니까?"

그녀 역시 원영진인천황과 마찬가지로 법민을 여전히 신라의 대왕으로서 격식에 맞춰 대하고 있었다. 그러나 법민의 청을 받아들인 후 5월 스무이틀에 이르러 토사숙니근마려(土師宿祢根麻呂)에게 명을 내려 신라의 사신 김도나 등을 만나 전하라며 다음과 같이 조를 내렸다.

"우리 왜국은 태정관(太政官) 이하 여러 경들이 칙(勅)을 받들어 선언한 바 있고, 지난해에는 전중조신법마려 등을 보내 대행천황(大行天皇)의 상(喪)을 고한 바 있다. 그때 신라가 말하기를, "신라에서 칙을 받들어 모실 사람은 원래 소판(蘇判: 신라 제3위 관등)의 위에 있는 사람으로 하고 있습니다. 지금도 역시 그렇게 하려고 합니다."라고 했다. 그 때문에 법마려 등은 당연히 알려야 할 조를 내릴 수 없었다.

만일 전례가 되는 것을 말한다면, 옛적에 효덕(孝德)천황이 붕했을 당시 거세도특(巨勢稻特) 등을 보내 상을 고하자 이찬 김춘추가 이르러 나와 칙을 받들었다. 그것을 이제 와서 소판이 받는다고 하는 것은 전례에 어긋난다. 또 천지천황이 붕했을 때는 일길찬 김살유(金薩儒) 등을 보내 조문한 바 있다. 그러나 지금은 급찬으로서 조문함은 전의 일과 매우 어긋나는 일이다. 또한 신라는 원래 주하여 이르기를 "우리 신라는 일본의 원황조(遠皇祖) 때부터 뱃머리를 나란히 하고 노를 말리지 않으며 받드는 나라입니다."라고 말했다. 헌데 지금 와서 조부를 살펴보니, 겨우 배 한 척으로 이르러 왔다는 것 역시 옛 법에 어긋난다. 또 신라에서 주하여 이르기를 "신라는 왜의 원황제 이래로 오직 청백한 마음으로 섬기겠습니다."라고 했으나 지금 살펴볼 때 충성심을 다하고 직무를 다하려는 생각을 하지 않고 있다. 거짓으로 아부하려고 할 뿐이다. 이에 조부와 따로 가지고 온 물건을 다시 봉해 돌려보낸다. 그러나 원황조대부터 널리 그대들을 대하신 덕을 지금에 와서 함부로 끊을 수는 없다. 따라서 더욱 노력하고, 더욱 삼가고, 전전긍긍 직무를 다하고, 법에 따라 섬기려는 자를 천조(天朝)는 또 널리 인자하게 대할 뿐이다. 그러니, 그대들은 칙한 바를 받들어 그대의 왕에게 전하라."

그러나 천황은 축자의 소군(小郡: 영빈관이 위치한 곳)에서 신라의 조문 사신 김도나 등에게 잔치를 베풀어 주었다. 막상 김도나 등에게 전례를 들어가며 따끔하게 일침을 놓았지만 그들이 신라에서 이르러 온 사신인 점을 감안하지 않을 수 없었던 것이다. 그리고 7월 초하루에 사신들은 신라로 돌아갔다.

섣달 여드레에는 천하에 명을 내려 쌍육(雙六)을 금하도록 했다. 이는 백성들 사이에 도박이 성행해진 나머지 그 피해를 입은 사람이 많아 피해가 속출했으며, 경사를 막론하고 주위의 백성들에게서도 폐단을 막아달라는 원성이 높아졌기 때문이었다.

한편, 그즈음 신라에서는 정명이 장산군(獐山郡)에 거동했는데 굶주리는 백성이 많아 유사에 명해 진휼

(賑恤)하고 근방의 여러 고을을 돌아보며 백성들의 삶이 어떤지를 살펴봤다는 소식이 법민에게까지 전해졌다. 아울러 정명이 도성을 달구벌(達句伐)로 옮기려다가 결국 실행에 이르지 못했다는 얘기 역시 들려왔다. 그 일이라면 법민 자신도 이미 왕위에 있을 때 도성을 옮기려고 시도한 적이 있었기 때문에 정명을 이해할 수 있었다.

상명지통

정월 초하루.

고천원광야희천황의 즉위식이 열렸다. 법민 역시 제왕들이 도열한 가운데 천황의 즉위를 축하하기 위해 즉위식에 참석했다. 물부마려조신(物部麻呂朝臣)이 대순(大盾: 천황 즉위 의식에 사용되는 기구)을 세웠다. 이어서 신기백(神祇伯) 중신대도조신(中臣大島朝臣)이 천신수사(天神壽詞)를 낭독했고, 기부숙니색부지(忌部宿祢色夫知)가 신령(神靈)한 검(劍)과 경(鏡)을 황후에게 바쳤다. 모든 의식과 절차를 거쳐 정식으로 천황에 즉위하는 순간이었다. 제왕(諸王)과 제신(諸臣)들이 나열한 채 일제히 배례(拜禮)하고 박수를 쳐서 천황의 즉위를 축하함과 동시에 선정을 베풀어줄 것을 빌었다.

다음날에는 공경백료들이 다시 모여 천황을 뵙는

예를 표했다. 새해를 맞아 천황께 하례를 올리는 원일회(元日會)의 의식과 비슷한 점이 많았다. 단비도진인(丹比島眞人)과 포세어주인조신(布勢御主人朝臣)이 등극의 하사(賀詞)를 올렸다.

한편, 다음날에야 비로소 천황은 제왕과 공경들에게 연회를 베풀었다. 법민 역시 광길과 함께 연회에 참석했다. 연회에 가무가 빠질 수 없는 일이었기에 자연 무희들이 나와 음악에 맞춰 춤을 췄다. 원래 왜의 음악이라는 게 자신들의 전통을 이어 내린 역사가 부족한 나머지 여러 나라의 음악을 가져다 체계를 무시한 채 조합한 것이어서 귀만 시끄러울 뿐 도무지 흥이 나지 않았다. 그나마 광길이 옆에서 대작(對酌)을 했으므로 취해서 돌아올 수 있었다. 새삼 원영진인천황이 살아있을 때의 배려가 생각나 인생의 허무함이 마치 흐르는 물과 같다는 생각이 들었다.

10월 초닷새, 천황이 길야궁에 행차했다. 천황이 길야에 자주 거동하자 조야의 모든 사람들 사이에 천황에 대한 구설수가 많았다. 법민 역시 전대의 천황에 대한 고천원광야희천황의 미련과 애착을 이해하지 못하는 것은 아니었으나, 매우 자주 길야에 거동하는 것은 옳지 않은 일이라고 생각해 기회를 틈타

천황에게 조언을 해줘야겠다고 생각했다. 그로부터 열흘 후 천황은 축자대재와 하내왕 등에게 조를 내렸다.

"신라의 사신 대나마 김고훈(金高訓) 일행에게 향응하는 일은, 우리의 학생 토사숙니생(土師宿祢甥) 등을 신라에 보내 그곳에서 받았던 예에 준하라. 위로하고 물건을 주는 것 또한 조에 정한대로 따르도록 하라."

이는 전자에 일본의 사신으로 토사숙니생 일행이 신라에 갔을 때 그들을 나와 맞았던 자의 등급과 영접의 정도에 따라 똑같은 수준의 예의를 갖추도록 한 것이었다. 아울러 사신 김고훈 등에게 상을 내렸다. 법민은 고훈 일행을 별궁에 불러 그동안 듣지 못했던 삼한 땅의 소식을 밤새워가며 들으며 자신의 근황 역시 자세히 알려주었다.

천황이 길야궁에 행차했다가 이틀 후에 돌아왔다.

며칠 후에는 천황이 손수 등원(藤原)으로 가서 궁터를 둘러보았는데 공경백료가 모두 뒤따랐다. 법민 역시 참석해 옮겨갈 도읍을 둘러보고, 새로 지을 궁궐의 규모와 지형 등을 자세히 살펴보았다. 이는 오래도록 숨겨온 야망을 이으고 충족시키게 되는 시기를 가름하려는 것에 다름 아니었다.

다시 해가 바뀌었다. 천황은 친왕, 제신, 내친왕, 여왕, 내명부들 모두에게 새로운 위를 하사했다. 그리고 며칠 후에는 모든 공경들에게 연회를 베풀고 선물을 하사했다. 다시 길야로 행차했다가 7일 만에 돌아왔다.

2월 초하루에는 조를 내렸다.

"경들은 원영진인천황의 치세 때 불전(佛殿)과 경장(經藏)을 만들어서 매월 육재(六齋: 8, 14, 15, 23, 29, 30일)을 어김없이 행해왔다. 원영진인천황은 언제라도 대사인을 보내 불법에 대해 궁금한 점을 묻고 스스로 배우기를 마다하지 않았다. 짐이 치세하는 동안에도 그와 같이 할 것이다. 고로 언제나 마음을 삼가고 불법을 숭상하라."

그리고는 모든 궁인들에게 위기(位記)를 하사했다.

4월 초하루에도 조를 내렸다.

"선조 때에 노비를 면하여 호적상으로 이미 노비 문서에서 제적된 자를 후의 권속들이 소송을 내는 일이 있다. 그들이 법을 어기고 이익을 노려 옛 노비에게 "나의 노비다."라고 주장하는 것을 허락하지 않는다.”

이는 간혹 욕심 많은 자들의 횡포를 미연에 방지하기 위한 천황의 배려였다. 그리고 이날 대학박사 상촌주백제(上村主百濟)에게 대세(代洗: 정세(正稅)) 1,000속을 내렸는데 이는 그의 학업이 출중해 계속 노력하여 성취하라는 뜻이었다.

얼마 뒤 경사 및 40군국(君國)에 비가 많이 내렸다. 이에 걱정이 된 천황은 공경백료들을 모이게 했다.

“이번 장마는 일찍 시작됐으므로 철에 맞지 않는 일이다. 백성들의 생업에 반드시 지장이 있을 것이다. 이 때문에 짐이 조석으로 근심하며 두려워하고 있다. 무엇인가 크게 잘못되고 있는 것 같아 천리가 어긋나지 않을까 두렵다. 이에 모든 공경과 백료들도 주육을 금하고 마음을 닦아 잘못을 회개토록 하라. 경 및 기내의 여러 절의 승려들에게 5일간 독경토록 하라. 효과가 있어 아무쪼록 비가 그치기를 바란다.”

그 무렵, 법민은 정명이 이홍(理洪)을 태자로 삼았다는 전갈을 받았다. 이홍은 법민의 둘째 아들이었다. 이에 법민은 다소 의아함을 감출 수 없었다.

“이 어인 연고로 이홍으로 하여금 갑자기 태자로

바꿔 삼았다는 말이냐?"

당연히 정명의 소생 중에서 후계를 정해야 하는 일인데 그의 동생에게 태자의 직위가 넘어가 버렸으므로 궁금함을 면할 수 없었던 것이다. 더구나 자식들의 일인지라 신라에서 이르러 온 사자에게 묻지 않을 수 없었다.

"소신의 임금께서 새로 혼인을 한 일은 태상왕 전하께서도 잘 알고 계실 겁이옵니다. 그러나 태어나신 왕자께서 아직 연소(年少)하고 어린지라 자연 왕실의 어른들이 모여 앉아 그러한 결정을 내린 것으로 알고 있사옵니다."

"허면, 그 일이 화백회의에서 결정됐단 말이더냐?"

"그러하옵니다, 태상왕 전하."

"하기는 있을 수 있는 일이다."

법민은 사자의 이야기를 듣고 나서야 비로소 저간의 사정을 어느 정도 이해할 수 있었다. 정명이 새로 혼인해 낳은 왕자가 이제 겨우 다섯 살에 불과하니, 비록 왕의 적자(赤子)라 하더라도 쉽게 태자로 삼을 수는 없었을 것이라는 생각이 들었다.

본래 정명의 큰아들들은 이미 성년이 됐으나 흠돌

의 모반으로 인해 왕비가 폐비 된 나머지 사가로 축출됐기 때문에 그 자식들 역시 태자로 삼을 수 없었다.

쉽게 어린 왕자로 하여금 태자로 삼을 수는 없었을 것이라는 점을 헤아릴 수 있었던 것이다. 또한 원래 정명의 큰아들들은 이미 성년이 되었으나 흠돌의 모반으로 인하여 왕비가 폐비 된 나머지 사가로 축출되었기 때문에, 그녀와 사이에서 낳은 자식으로 하여금 태자로 삼을 수도 없었을 것이라 능히 짐작할 수 있었다.

천황이 다시 길야에 행차했다. 그곳에 머물며 이틀 후에는 사자를 보내 광뢰와 용전에 제사를 지내도록 지시했다. 20여 일이 지난 후에야 천황은 궁에 돌아왔다. 천황이 부재해 있는 동안 법민은 본궁을 지키며 비로소 큰일을 도모할 결심을 했다.

그날 밤 형혹(熒惑: 화성)과 세성(歲星: 수성)이 겨우 한 걸음의 거리에서 기묘하게 움직였는데, 어떤 때는 빛을 발하고 어떤 때는 숨고 또한 서로 가까워졌다 멀어지기를 네 번이나 되풀이하다가 겨우 멈췄다. 변괴였다.

법민은 자신의 진로를 놓고 다시 한 번 고민에 빠졌다. 만일 자신이 신라로 돌아간다면 추후에 전개될 수 있는 모든 가능성을 면밀히 검토할 시점에 이르렀다는 판단에 따른 것이었다. 신라를 떠나온지도 어느덧 십여 년이 넘었으므로 그동안의 변화에 따른 당과의 외교적인 문제를 점검해봤으며, 또한 자신이 귀국한다면 조야와 친당파들의 반응이 과연 어떨지에 대해서도 생각을 해보았다. 그러나 결국 왜에 머물며 스스로 자신의 앞일을 도모하고 모색해야 한다는 결론을 내렸다.

"대장부가 한 번 뜻을 세웠으면 끝까지 밀어붙여야 할 것 아닌가?"

법민은 하늘을 우러러 다시 한 번 굳은 결의를 다졌다. 만일 신라로 돌아간다면 태상왕의 신분으로 남은 여생을 편안하게 지낼 수는 있을 것이다. 그러나 십여 년의 세월이 흐른 지금 다시 돌아간다면 조정에 불필요한 분란이 생길 것이라는 건 불을 보듯 뻔했다. 동해의 바위 위에 무덤까지 조성했고, 백성들 역시 용으로 화해 왜적의 침입을 막아 삼한을 진호(鎭護)한다는 나라의 수호신으로 믿고 있는 마당인지라, 갑작스런 귀국에 조정 대신들은 물론 백성들의 놀랍고 황당함을 무엇으로 감당할 수 있겠는가? 아울러 왜로 망명하면서 스스로 다졌던 의지와 굳은 결심은 또 어찌할 것인가?

'어찌 됐든 왜의 땅에서 재기의 기회를 잡으리라.'

법민은 다시 한 번 새롭게 각오를 다졌다.

'언젠가 왜의 천하를 움켜쥘 수 있는 기회가 필히 올 것이다. 차라리 이 땅에 남아 그 기회를 포착해 움켜쥐는 것이 현명한 처사가 아닌가?'

지금에 이르러 모든 가능성을 포기하고 삼한으로 돌아간다면 무엇보다도 그동안 왜의 땅에서 극심한 외로움을 인내하며 겪은 인고의 세월이 너무 아깝다는 생각이 드는 것 또한 어쩔 수 없었다.

그러던 중 청천벽력과 같은 소식이 날아들었다.

"태상왕 전하! 으흐흑……."

"무슨 일이냐?"

내달아와 엎어져 우는 사신을 향해 법민은 호통을 쳤다.

"신의 임금께서 그만…… 승하하시고 말았습니다."

"뭣이라고?"

사신은 법민에게 아뢰는 것조차 면목이 없다는 듯

흐느껴 울며 고개를 들지 못했다.

사신은 지난달에 정명이 죽었다는 급보를 전했다. 법민은 하늘이 내려앉을 것 같은 충격에 그만 그 자리에 주저앉고 말았다.

"어찌 그런 일이 생길 수 있더란 말이냐?"

도무지 믿을 수도 없는 얘기였다. 법민은 늙은 아비로서 자식을 먼저 보냈다는 참람함에 가슴이 찢어지는 듯한 쓰라림을 견딜 수 없어 사자에게 호통을 쳤다.

"소신의 임금께서 앓아누우신 지가 비록 많지 않았지만 끝내 회복하시지 못하고 그만 국상을 당하는 불행이 닥치고 말았사옵니다. 불행한 소식을 전해드릴 수밖에 없는 소신의 목을 치소서."

사자가 엎드려 목을 길게 늘어뜨렸다. 그러나 그에게 무슨 잘못이 있단 말인가? 정명의 명이 짧아 천수를 누리지 못한 것을 안타까워할 뿐이었다.

"알았으니 물러가도록 하라."

법민은 사자를 물리치고 한동안 멍한 표정으로 하늘을 쳐다봤다. 생각할수록 가슴이 미어졌고, 자신이 왜로 떠나오던 날 하염없이 울던 정명의 얼굴이 떠올랐다.

"그처럼 짧은 명을 지니고 태어났을 줄 어찌 알았

으랴.”

긴 탄식이 저절로 흘러나왔다.

그날 밤.

“광길아.”

광길을 부르는 법민의 눈빛이 슬프고 처연하기 그지없었다. 두 사람이 마주앉은 사이에는 서둘러 마련한 조촐한 술상이 가로놓여 있었다.

“하명하십시오, 대왕 전하.”

왜에 이르러 온 지 벌써 십수 년이 지났지만 광길은 여전히 법민을 대왕으로 불렀다.

“너는 자식을 잃은 부모의 마음을 한 치라도 헤아릴 수 있느냐?”

술잔을 들어 단숨에 비운 법민이 광길에게 물었다.

“소인이 어찌 대왕 전하의 마음을 마땅히 헤아리지 못하겠나이까.”

광길이 법민의 빈 술잔을 다시 채우고 나서 대답했다.

법민은 자식이 갑자기 죽었다는 슬프고 황망한 소식을 듣고심사가 헝클어진 나머지 광길과 마주앉아 술잔이라도 기울이며 마음을 다독이고 싶었다. 광길이 아니라면 자신의 심중을 거울처럼 들여다보며 살

뜰하게 위로해줄 사람도 마땅히 없었다.

사신의 말에 의하면, 정명의 시호를 신문왕(神文王)이라 정하고 낭산(狼山) 동쪽에 장사를 지냈다고 했다. 자신이 직접 가보지 못하고, 인편으로만 소식을 듣는 처지가 한없이 갑갑하고 원망스러웠지만 불시에 불행한 일을 당한 중에도 그나마 장례를 무사히 치렀음을 다행으로 생각했다.

며칠 후 태자 이홍으로 하여금 왕위를 물려받게 했다는 전갈을 가지고 신라에서 정식 사신이 왔다. 법민에게 일의 전말에 대한 추인(追認)을 얻기 위한 것이었다.

이에 법민이 사신을 불러 물었다.

"이홍으로 하여금 보위를 물려받게 하는 과정에서 혹시 방법이나 절차를 두고 차질이 있지는 않았느냐?"

이는 자신의 차자(次子)로 하여금 왕위를 물려받는 과정에서 조정의 대신들과 친당파들 사이에서 갈등은 없었는지 묻는 것에 다름 아니었다.

"돌아가신 신문왕께서 처음에 태자로 정했던 자식을 이미 폐하고, 전하의 둘째 아드님을 태자로 봉했었기 때문에 다른 분란이 생길 일은 없었사옵니다."

사신이 엎드려 대답했다.

정명 즉위 해에 있었던 김흠돌 일당의 반란으로 인해 반란의 무리들을 모조리 처형하고, 아울러 반란 수괴의 딸이었던 정명의 아내이자 왕후까지도 궁 밖으로 축출하였으므로 그 소생을 태자로 유지할 수 없는 것은 당연한 일이었다. 또 정명이 새롭게 장가를 들어 얻은 아들은 이제 겨우 다섯 살에 지나지 않았으니, 그 어린 것에게 왕위를 물려줄 수도 없는 일인지라, 법민은 바다 건너에서 일어난 일련의 변화를 묵묵히 받아들일 수밖에 없었다.

"비록 바다 건너에서 슬픈 소식을 전했으나 사람의 명이란 하늘에 있는 것이므로 대왕 전하께서는 마음을 굳게 잡수십시오."

고천원광야희천황 역시 슬픈 소식을 전해 듣고 법민의 심사를 위로하는 말을 전했다. 하지만 법민은 자못 허전하고 슬픈 심사를 오래도록 다스릴 수 없었다.

10월 중순에 이르러 천황은 승려 산전사어형(山田史御形)에게 무광사(務廣肆)라는 벼슬을 내렸다. 그는 신라에 유학을 다녀온 사람으로 불법이 깊고 학문이 두터웠다.

다음날 천황은 다시 길야궁에 행차했다가 일주일 후에야 돌아왔다.

그 무렵, 신라에서 급찬 박억덕(朴億德)과 김심살(金深薩) 등을 다시 보내 조공을 올렸으므로 천황이 매우 기뻐했다. 국상을 당한 슬픔으로 인해 황망함을 감출 수 없는 중에도 예를 갖추었으니 그 기쁨은 이루 말할 수 없는 것이었다. 이는 지난날 조부를 되돌린 이래 처음 있는 일이었다. 이에 천황은 신라에 답례를 하기 위해 즉시 사신을 선발했다. 우선, 직광사 식장진인노(息長眞人老)를 사신으로 삼고, 무대이(務大貳) 천내기촌련(川內忌寸連)을 부사로 삼아 녹을 내려주었다. 그리고 난팡궁에서 신라 사신들을 위한 향응을 베풀었다.

"조정의 공경백료들을 모두 들도록 명하라."

천황의 옥음이 정청에 울려 퍼졌다.

"신라에서 사신으로 내도한 박억덕과 그 일행을 상석에 거할 준비를 마치시오!"

천황이 잔치의 목적을 알리자 모든 공경백료들이 고개를 끄덕이며 반가움에 박수를 쳤다.

위기일발

고천원광야희천황 7년(서기 693년) 춘 정월.

천황으로부터 고시황자에게 정광일(淨廣壹)의 벼슬을 내리는 의식에 참석하라는 권유를 받은 법민은 광길과 함께 정청으로 나아갔다. 천황은 고시황자뿐만 아니라 장(長)황자와 궁삭(弓削)황자에게도 정광이(淨廣貳)를 각각 주면서 조를 내렸다.

"천하의 백성들에게 황색의 의복을 입도록 하라. 그리고 그들이 데리고 있는 종에게는 흑색의 옷을 입도록 하라."

다음 달에 들어서 신라에서 사찬 김강남(金江南), 나마 김양원(金陽元) 등을 보내 임금의 상을 알렸다. 이미 급보를 들어 사건의 전말을 소상히 알고 있었으나, 이때에 이르러 다시 예를 갖춰 사신을 보냈으므로 법민은 물론 왜의 조야도 여전히 비통함을 금할 수 없었다.

그믐께에는 바다에서 표류하다 왜에 상륙한 신라인 모자모례(牟自毛禮) 등 37명을 신라에서 이르러 온 사신 억덕에게 부탁해 본국으로 돌아가도록 조치했다. 그들이 스스로 돌아가기를 원했기 때문이다.

3월 초하루에 일식이 있었다.

며칠 후에는 천황이 길야궁에 가서 머물렀는데 그곳에서 직대이 갈원조신대도(葛原朝臣大島)가 훙했다는 소식을 듣고 그에게 부의(賻儀) 물건을 내렸다. 보름이 가까워질 무렵에야 겨우 천황이 길야궁에서 돌아왔다.

신라에 보낼 사신 직광사 식장진인노, 근대이(勤大貳) 대반숙니자군(大伴宿祢子君) 및 학문승 변통(辨通), 신예(神叡) 등에게 굵은 비단, 솜, 피륙을 주었는데 서로 차등이 있었다. 또한 사신 편에 신라왕의 부의(賻儀) 물건을 넉넉히 챙겨가도록 했다. 그리고 다음날 조하여 이르기를, "천하에 뽕과 모시, 배(梨), 밤 등의 나무와 푸른 채소를 널리 심을 것"을 권장했다. 기근을 면하기 위해 노력하는 백성들의 식량을 조달하는데 도움을 주기 위한 조치에 다름 아니었다.

한편, 오랫동안 비가 내리지 않았기 때문에 대부와 알자를 보내 제사(諸社)에 가서 기우제를 지내게 하고, 또한 사자를 보내 신사에서 광뢰대기신(廣瀨大忌神)과 용전풍신(龍田風神)에 제사를 지내도록 했다.

"내장료윤(內藏寮允) 대반남인(大伴男人)이 장물죄로 적발됐다. 따라서 위(位) 2계를 내려 죄를 묻고 현직에서 해임토록 하라. 전약(典鑰) 치시다구(置始多久)와 토야대반(菟野大伴)도 또한 장물죄에 걸렸으니 위 1계를 내리고 현직에서 해임시킨다. 감물(監物) 거세읍치(巨勢邑治) 또한 훔친 물건을 자신이 사사로이 갖지는 않았으나 그런 사실을 알고도 관에 고발하지 않았으므로 위 2계를 내리고 현직에서 해임한다. 그러나 치시다구는 임신년의 싸움에 그 공로가 적지 않다. 고로 그의 죄를 용서한다. 다만, 장물은 법에 따라 몰수한다."

5월이 돼 천황은 다시 길야궁에 갔다. 자연 제신들의 눈총을 받을 수밖에 없었다. 천황은 이틀 후에야 돌아왔다. 그러나 7월에 다시 또 길야궁에 행차했다. 미처 두 달도 되기 전에 거듭 길야에 간 것이다. 자연 제신들과 만백성들의 눈총을 받을 수밖에 없었다. 다행히 천황은 이틀 후에 돌아왔으나 법민은 정청에 나아가 천황을 알현하는 자리에서 이를 지적하기에 이르렀다. 이는 전날 조정의 공경백료들과 다수의 친왕들이 친히 법민을 찾아와 대책을 논의하는 과정에서, 천황의 잘못을 바로잡지 않으면 훗날 큰 어려움이 닥칠 것이라며 법민에게 간곡하게 부탁해 왔기 때문이다.

"본야(本野)는 말 그대로 일본 조정의 문객으로 와 있는 문외자(門外者)의 한 사람일 뿐인데 어찌 천황께서 하는 일에 왈가왈부할 수 있겠소?"

법민은 극구 사양해 마지않았다.

"저희 공경백료들이 뜻을 모아 결론을 내린 사안이오니, 대왕께서는 제발 겸손한 사양을 삼가기 바라옵니다. 작금에 이르러 조정을 살펴보건대, 과거 천무천황과의 인연을 따져보거나 현 천황과 전하 사이에 새롭게 형성된 위상을 따져볼 때, 천황의 허물을 추상처럼 물어 시정할 만한 인물은 오직 대왕 전하 외에는 없사옵니다. 부디 조정백료들의 굳은 의지를 굽어 살피시어 고천원광야희천황의 길야행을 막아주시고 조야의 근심하는 바를 없애 주십시오."

그들 역시 이미 마음을 굳힌 듯했다.

이에 어쩔 수 없이 법민이 전면에 나서서 사태를 수습하기에 이른다. 그리고 천황과 독대를 하게 됐다.

"소신, 천황께 아뢰올 말씀이 있사옵니다."

"말씀하시지요."

천황이 아연 긴장한 눈빛으로 태도를 가다듬었다. 그녀는 자신의 길야궁 행차가 세인의 눈총을 받고 있음을 이미 잘 알고 있었다.

"다른 일이 아니옵고 천황의 길야궁 행차에 대한 일이옵니다. 천황께서 선대 천황과 사별한 일이 몹시 가슴 아프고, 아울러 그 애틋함이 이루 말로 표현할 수 없음을 모르는 바 아니옵니다. 허나, 천황께서는 천리에 순응해 만백성의 어렵고 고달픈 처지를 굽어 살펴야 할 것이옵니다. 백성들의 민심을 도외시해서는 나라의 영원한 장래를 결코 보장할 수 없습니다. 밝고 현명하신 혜안으로 두루 살피시어 만백성들에게 은혜를 베풀어주시기 바라옵나이다."

법민의 간곡한 말에 천황은 한동안 말이 없었다. 그리고 잠시 후 입을 열었다.

"짐이 대왕의 뜻을 유념하겠나이다."

이로써 천황의 길야궁 행차는 당분간 중단됐다.

조정 백료들과 백성들은 크게 안심했고, 법민 역시 그 지위와 위상이 욱일승천했다.

날씨가 쌀쌀해지고 겨울이 왔다. 다행히 가을이 막바지에 이르렀을 무렵 비가 내렸으므로 백성들이 겨우 안심할 수 있었다. 이에 천황이 조하여 명했다.

"금년부터 친왕을 위시해 아래 직위에 이르기까지 각자 비치한 무기를 검사하겠다. 정관(淨冠)에서 직관(直冠)에 이르기까지는 각각 갑옷 1령(領), 대도(大刀) 1구(口), 활 1장(張), 화살 1구(具), 신발 1매(枚)와 안마(鞍馬)를, 근관(勤冠)에서 진관(進冠)에 이르기까지는 각각 대도 1구, 활 1장, 화살 1구, 신발 1매를 미리 준비하여 검사에 대비토록 하라."

이는 앞으로 외세의 침입은 물론이고 나라 안에서 갑자기 생길 수 있는 역도들의 난에 적극적으로 대처하겠다는 뜻이 담겨 있었다. 아울러 탐라의 왕자와 좌평 등에게 부족함이 없이 물건을 나눠주라고 유사에 지시했다.

또한 승려 법원(法員), 선왕(善往), 진의(眞義) 등을 보내 근강국익수군(益須郡)의 예천(醴泉: 광천(鑛泉))을 마셔보도록 했는데, 이는 땅속에서 솟아오르는 물인지라 백성들이 마시고 혹시 뒤탈이 나지 않을 것인지를 미리 시험하기 위한 것이었다. 그러나 다행히 백성들이 해를 입는 일이 없었으므로 천황과 법민은 근심을 덜 수 있었다. 다시 해가 바뀌었다. 정월 초이틀에 직대일 포세조신어주인과 대반숙니어행에게 정광사를 하사하고 식봉(食封) 200호씩을 각각 줬는데 이미 받은 것과 합쳐 그들에게 내린 봉호가 500호가 넘었다. 아울러 그들 두 사람을 각각 씨족장(氏族長)에 임명했다.

제왕과 제신들에게도 향응을 베풀었다.

며칠 후에는 위계 5위 이상의 관리들이 모여 사회(射會: 활쏘기대회)를 열었다. 다음날에는 6위 이하가 모두 모인 나머지 역시 사회를 열었는데, 모든 관인들이 대회에 참가하는데 나흘이 걸렸다. 마지막 날에 위계별로 장원을 뽑아 등위를 가리고 상을 주었는데 각각 차등이 있었다.

하순에 들어 천황이 새로 짓고 있는 등원궁에 행차했다. 이는 신축하고 있는 궁의 진척이 어느 정도인지를 알아보기 위한 것으로 법민 역시 동행해 공사의 진척 상황을 살폈다.

3월에는 일식이 있었다.

"짐이 황위에 올라 7년째 되는 계기(癸已)에 근강국 익수군의도하산(都賀山)에서 온천이 솟아올랐다. 여러 질병을 가진 사람들이 익수사(益須寺)에 숙박해 치유하는 일이 매우 많다. 그러니 그 절에 논 4정(町)과 피륙 60단을 주도록 하라. 아울러 익수군의 금년의 조역과 잡요(雜徭)를 없애고, 그 지역 국사(國司)의 장관에서 주전(主典)에 이르기까지 위 1계를 올린다. 처음으로 예천을 발견한 갈야우충(葛野羽衝)과 백제토라라녀(百濟土羅羅女)에게 각각 굵은 비단 2필(匹), 피륙 10단, 괭이 10구(口)를 내린다."

며칠 후에는 폐백을 제사에 바쳤다. 또한 신기관(神祇官)의 우두머리와 함께 축부(祝部)에 이르기까지 164명에게 굵은 비단과 피륙을 주었는데 각각 차등이 있었다.

섣달 초순, 이윽고 등원궁(藤原宮)의 공사가 마무리됐다. 이에 천황의 거처를 옮겨 이궁(移宮)했다. 법민과 광길 역시 바쁜 나날을 보낼 수밖에 없었다.

며칠 후 법민에게 또 다른 슬픈 소식이 전해졌다. 그동안 당에 머물던 인수(인문)가 삼한에 돌아오지 못하고 결국 당에서 죽었다는 소식이었다.

법민은 광길과 함께 주위를 의식하지 않은 채 대성

통곡을 했다. 과거 당과의 심각한 갈등으로 인해 첨예하게 대치하고 있을 당시의 온갖 상황들이 떠오른 나머지 슬픔과 안타까운 마음을 도무지 견딜 수 없었기 때문이다.

돌이켜 보건대, 인수는 결코 사리사욕에 흔들리지 않고, 오직 나라와 사직을 위한 나머지 신의를 잃지 않았으며, 혈연을 중히 여겨 법민을 대신해 당에 볼모로 잡혀 있으면서도 끝까지 소신을 굽히지 않았다. 그러니, 어찌 그의 충절이 마음 깊이 다가오지 않을 것인가?

인수는 당에 머물면서 조로(調露) 원년(문무왕 19년, 서기 679년)에 이미 진군대장군(鎭軍大將軍) 행우무위위(行右武威衛)에 보임됐으며, 재초(載初) 원년(신문왕 10년, 서기 690년)에는 보국대장군(輔國大將軍) 상주국(上柱國) 임해군개국공(臨海郡開國公) 좌우림군장군(左羽林軍將軍)에 제수됐다. 신라 이홍왕(효소왕) 3년(694년) 4월 29일에 당에서 병으로 죽으니 그의 나이 66세였다. 부음을 듣고 당의 황제(측천무후)가 매우 슬퍼한 나머지 수의를 내리고 관등을 더하였으며, 조산대부(朝散大夫) 행사례시(行司禮侍) 대의서령(大醫署令) 육원경(陸元景)과 판관(判官) 조산랑(朝散郎) 직사례시

(直司禮侍) 아무개 등에게 명해 영구(靈柩)를 신라까지 호송하도록 했다. 효소왕은 그에게 태대각간을 추증하고 담당 관청에 명해 다음 해 10월 서라벌 서쪽의 언덕에 장사를 지냈다.

고천원광야희천황 9년(서기 695년).

겨울밤이 깊어 사위가 조용한 가운데 천황이 법민을 은밀히 불렀다. 내관의 안내를 받아 내실 깊숙이 자리 잡은 곳에 이르니 천황과 함께 고시황자가 기다리고 있었다.

"폐하의 부르심을 받들어 이르러 왔나이다."

법민이 예를 갖춰 말했다.

"긴히 나눌 얘기가 있어 대왕 전하를 불렀습니다."

천황이 법민에게 말하고 나서 고시황자를 쳐다보았다. 그에게 모든 상황을 설명하려는 뜻에 다름 아니었다. 법민은 그녀의 표정에서 내정에 중요한 일이 생겼음을 짐작할 수 있었다.

이윽고 고시황자가 입을 열었다.

"대반가의 정황이 몹시 수상하게 돌아가고 있다는

전갈을 받았습니다."

고시황자가 법민을 향해 말했다. 그 표정이 일의 심각함을 말해주고 있었다.

대반가라면 천황이 즉위하던 해, 대진황자의 난이 일어났을 때 저들의 무리 쪽에 가담했던 대반국마려(大伴國麻呂)의 집안을 일컫는 것이었다. 법민 역시 긴장하지 않을 수 없었다.

"저들에게서 과연 어떤 움직임이 있었소?"

법민이 정색을 하고 물었다. 사태의 심각성이 과연 어느 정도인지 파악하기 위함이었다.

"대반가에 심어놓은 세작이 이르러와 보고한 바에 따르면, 아무래도 저들의 요즈음 동향과 낌새가 보통 어수선한 것이 아니라 합니다. 지금 당장은 아니라 하더라도 언젠가 때가 되면 틀림없이 저들이 다시 역모를 일으켜 나라를 소란스럽게 할 것이 분명해 보입니다."

황자의 말을 들으며 법민은 깊이 생각을 모았다.

"만일 저들이 무모하고 경솔하게 판단한 나머지 다시 모반을 꾀한다면 과연 무슨 수로 무사히 난을 평정시킬 수 있겠습니까?"

천황이 매우 불안한 표정을 숨기지 않은 채 물었

다. 다시 정쟁이 일어난다면 천황으로서도 마땅히 수습할 방법이 없는지라 몹시 겁에 질려 있는 표정이 역력했다.

“물부가의 무사들의 수는 과연 얼마나 됩니까?”

법민은 우선 저들과 맞서기 위해서는 이쪽에서 동원할 수 있는 군사들의 숫자가 얼마나 되는지 알아야 했다. 원래부터 물부가는 고시황자를 지지하고 있었으며, 대반가는 대진황자를 지원하고 있다는 것을 잘 알고 있었던 터이다. 대진이 이미 사사(賜死)당했다 해도 대반가는 여전히 건재해 있었으므로 남아있는 잔당들이 무리를 모아 세를 이룬다면 결코 쉽게 처리할 수 있는 문제가 아니라고 판단했던 것이다.

“각지에 흩어져 있는 군세를 모두 끌어모은다 해도 5천여 명에 불과할 뿐입니다.”

“허면, 저들 대반의 무리에 비해 열세가 아니오?”

법민은 대반가의 무사들이 6, 7천에 육박한다는 이야기를 언젠가 들었던 기억이 있는지라 이내 얼굴이 어두워질 수밖에 없었다.

“이 일을 과연 어찌 대처해야 한단 말이오?”

천황이 더욱 불안해진 표정으로 법민을 바라보았다. 오직 믿는 것은 법민 뿐이라는 듯 그에게 매달리고 있었다.

"폐하께서는 과히 심려치 마십시오."

법민이 예를 갖춰 천황에게 말했다.

"대왕 전하께서 좋은 묘책이 있습니까?"

"묘책이라기보다는 다급하고 황망한 일인지라 미처 경황이 없으나, 지금부터라도 마땅한 대책을 세워 보겠나이다."

여전히 불안한 표정을 짓고 있는 천황의 말에 법민은 침착하게 대응했다.

법민은 별궁으로 돌아온 즉시, 서둘러 먹을 갈아 신라 이홍에게 보내는 밀서를 만들었다. 우선, 왜의 현재 정황을 자세히 설명한 뒤 군사 1만을 가려 뽑은 후에 급히 보내달라는 내용으로, 이른바 구원군을 파견해 달라는 비밀 서찰에 다름 아니었다. 그리고 다음날, 날쌘 사자를 뽑아 바다를 건너도록 했다. 시급히 해결해야 할 만큼 한시가 급했기 때문이다.

한편, 왜에서 은밀히 건너온 아버지 법민의 사자를 맞은 이홍은 그가 가져온 서찰을 읽으며 한숨을 길게 내쉬었다.

'아, 아바마마께서 몹시 곤궁한 입장에 처해 계신 것이 분명하구나.'

이홍은 눈물을 흘리며 탄식을 내뱉었다.

'과인이 나라의 임금이라며 높은 지붕 아래 앉아 제아무리 국사를 논한들 무슨 소용이 있겠는가? 자식 된 마땅한 도리와 극진한 효도로서 아버님을 직접 모시지 못한 것도 이처럼 한스러울 뿐인데, 아바마마께서 어렵게 된 처지를 어찌 외면할 수 있겠느냐?'

심사숙고하던 이홍은 이내 중시 당원(幢元)을 불렀다.

"중시는 들으시오."

"하명하시옵소서, 대왕 전하."

"내일 날이 밝거든 지체하지 말고 육당과 삼천당의 군사들에게 사열(査閱)을 받도록 할 것이니, 모두 불러 모으시오!"

이홍은 어쩔 수 없이 친당의 노선을 걷고 있었지만, 아버님의 안위와 직결된 상황인지라 당의 눈치를 보며 좌우를 따질만한 계제가 아니었다.

다음날 아침, 양당(兩幢) 군사들이 모두 모여 임금의 사열을 받기 위해 정렬했다는 전갈을 받은 이홍은 서둘러 나아가 그 숫자를 확인하고, 아울러 그들이 가진 무기와 갑옷 등을 친히 살폈다. 그는 그들로 하여금 왜로 건너가 법민을 돕도록 할 생각이었다.

법민은 치세 기간 중 흩어져 있던 백제와 고구려 유민들을 알뜰히 거두어 들여 당을 만들고, 그들을 당당하고 늠름한 군사로 손수 키웠다. 또한 그들에게 근위(近衛)를 맡겨 나라와 사직의 치안을 해결했다. 이에 이홍은 그들로 하여금 왜로 건너가 아버님의 안전을 충실히 지키도록 하리라 마음을 먹었던 것이다. 오랜 시간을 들여 꼼꼼하게 군사들에 대한 점고를 끝낸 이홍이 마침내 그들을 향해 입을 열었다. 군사들은 저마다 임금이 직접 이르러 나와 친히 점고행사를 가졌다는 사실에 크게 고무된 나머지 기쁨을 감추지 않았다.

"삼천당의 군사들이여!"

임금이 직접 자신들이 속한 당의 이름을 부르자, 군사들의 뒤편에서 우렁찬 북소리와 함께 함성이 마치 솟구치는 용의 형상처럼 피어올랐다.

"와~! 와~!"

"육당의 군사들이여!"

"와~! 대왕 전하!"

육당의 군사들은 서로 경쟁이라도 하듯 북소리를 크게 울리고 함성을 지르며 성성한 세를 과시했다. 궁성 앞의 빈터는 열기가 차오른 나머지 흥분의 도가니 속으로 빠져들었다. 군사들 스스로 사기가 치솟아 마치 거대한 격랑이 일어 드넓은 궁성 앞의 광야를 휘몰아치는 것과 같았다.

"양당의 여러 군사들이여! 지금 왜에 계시는 태상왕께서 어려움에 처하신 나머지 군사들의 지원을 부탁하는 친서를 보내왔노라. 일찍이 태상왕께서는 바로 여러분으로 하여금 삼천당과 육당을 구성해 친히 옆에 두고 거느리신 은혜를 베푸셨거늘, 어찌 우리가 선왕의 어려움을 능히 구하지 않을 수 있겠는가?"

"옳습니다! 옳습니다!"

"둥~둥~둥"

이홍의 말에 군사들은 모두 다 어우러져 큰소리로 외치며 북소리를 멈추지 않았다.

"여러 군사들이여! 지금 즉시 바다로 나아가 배를 마련해 왜국으로 건너가라. 그리고 선왕의 어려운 처지를 일거에 쳐부수고 당당히 개선하도록 하라."

"옳습니다! 기꺼이 건너가겠습니다. 태상왕의 어려움을 물리치기 위해 필히 신명을 바치고 목숨을 돌보지 않은 채 싸워 은혜에 보답하겠습니다."

군사들은 모두가 한마음이 된 채 함성으로 대답하기를 마다하지 않았다.

"신라의 군사들이여! 우리는 백제와 고구려를 차례로 멸하고, 당의 만무방이들 까지도 물리친 저력과 용맹함을 지닌 대 신라국의 군사들이다. 왜에 건너가거든 삼한 땅에서 이르러 온 용감한 군사로서의 자부심을 결코 잃지 말도록 하라. 따라서 일당백이라 해도 능히 필패시킬 수 있는 위용을 저들에게 보여주도록 하라. 알겠느냐?"

이홍은 마지막으로 군사들에게 다짐을 받는 것을 잊지 않았다. 그가 이처럼 마지막으로 군사들을 독려한 까닭은 제아무리 선왕이 직접 만들어 운용한 군사들이라 하지만, 삼한 땅에서 직접 외침을 당한 것도 아닌데 군사들을 바다 건너까지 원정시키기엔 뭔가 명분이 부족하다고 생각했기 때문이다.

"맹세코 신라의 위상을 떨어뜨리지 않을 것이옵니다."

"왜에 이르러간다 해도 대 신라의 기상과 위용을 결코 잃지 않을 것입니다."

군사들이 우렁찬 함성으로 답했다.

"와~! 와~!"

"둥! 둥! 둥!"

하늘을 찌를 듯한 함성과 우렁찬 북소리가 천지를

진동하며 서라벌 하늘을 감쌌다. 이윽고 군사들은 서둘러 배를 타고 바다를 건넜다. 산야에 봄꽃이 한창 어우러진 2월 그믐께의 일이었다.

2월 초삼일에 길야궁에 행차한 천황의 어가가 13일이 돼서야 돌아왔다. 신하들은 시기가 위태롭기 짝이 없는 때 천황의 고성(古城) 행차를 마땅찮아 하는 분위기였으나 다행히 소요로 연결되지는 않았다. 이에 법민은 안도의 한숨을 쉬었다.

4월 그믐께에는 이예국 풍속군(風速郡) 사람 물부약(物部藥)과 비후국 피석군(皮石郡) 사람 임생제석(壬生諸石)에게 추대이(追大貳)를 하사했다. 아울러 각각 굵은 비단 4필, 실 10구(絇), 피륙 20단, 괭이 20구, 벼 1,000속, 논 4정을 주었으며, 3년 동안 조역을 면제해주었다. 이들 두 사람은 백제가 망했을 때 백제 부흥군을 돕기 위해 바다를 건너갔다가 당의 포로가 된 나머지 절역(絕域)까지 끌려간 후 이때에 이르러 살아 돌아온 것이었다. 이에 천황은 그들의 고생을 위로하고 치하했다.

다음날 천황이 다시 길야궁에 갔다.

5월 초순까지 길야에 머물면서 대금상(大錦上) 주

조망수(奏造網手)에게 조를 내려 기촌(忌寸)이라는 성을 하사하고, 다음날 등원궁으로 돌아왔다.

천황이 환궁하고 난 뒤 닷새 만에 법민은 모처럼 반가운 소식을 들을 수 있었다. 이홍이 보낸 삼당의 군사들이 난파해 도착했다는 것이었다.

"이제야 비로소 안심이 되는구나. 만일 대반안마려의 무리들이 불순한 마음으로 모반을 시도한다 해도 천황의 뒤를 안전하게 지킬 수 있지 않겠는가."

법민은 기쁜 마음을 감추지 않은 채 광길에게 말했다. 아울러 현명한 결단을 내려준 이홍에게도 고마운 마음이 들었다.

"과연, 대왕 전하의 말씀이 지당하옵니다."

광길 역시 법민의 뜻을 어긋남 없이 이해하고는 기뻐하기를 마다하지 않았다.

법민은 즉시 천황과 의논해 신라에서 온 군사들을 은밀하게 거둬들인 후 비밀스런 장소에 대기시키도록 조치를 취했다.

천황이 다시 길야에 발걸음을 했다. 이처럼 천황이 뻔질나게 길야에 드나든 이유는 국사의 크고 작은 일에 이미 관심을 잃었을 뿐만 아니라, 길야에는 남편인 천무천황이 아직 황자의 위치에 있을 당시 승려가 되겠다며 불법을 닦았던 사찰이 있었으므로, 그곳을 찾아 마음을 위로하고 심리적 안정을 얻기 위한 것이었다. 따라서 천황은 이미 나라를 올곧게 다스릴 의욕도 백성들을 편안하게 다스려 성군이 되겠다는 대의명분도 상실한 상황이었다.

7월 초하루에 일식이 있었다. 그리고 마침내 대진황자를 따르던 무리들이 모반을 일으켰다. 예상했던 대로 대반안마려(大伴安麻呂)가 이번 반란의 주모자였다.

그는 자신이 섬기던 대진황자의 직계 혈연과 추종자들을 모아 크게 세력을 만든 뒤 성성한 무리를 이루었으며, 또한 무사와 낭인들을 널리 불러 모은 나머지 고천원광야희천황을 향해 반기를 들었다. 그들은 유일하게 천황의 세력으로 남아있는 고시황자만 처치한다면 충분히 정권을 탈취할 수 있으리라고 생각한 것이다. 그들은 천황이 거처하다가 이궁하고 난 뒤 경비가 허술한 근강궁을 기습해 점거했다. 근강궁이 대반가의 본가에서 가까울 뿐 아니라 비어있는 궁이었기 때문에 차지하는데 수고로움이 덜한 점을 이용한 것이다.

궁을 점거한 그들은 날쌘 무사들을 이끌고 등원궁을 향해 기습공격을 펼쳤다. 천황과 고시황자가 크게 압박을 받은 것은 불을 보듯 뻔했다. 갑작스럽게 일이 이처럼 꼬이자 천황은 병권을 나눠 가지고 있는 물부(物部)가와 자연스럽게 결탁한 뒤 급히 지원세력을 확보하기에 혈안이 됐다. 법민에게도 구원을 손길을 뻗은 것은 당연했다. 법민은 급히 정청으로 나가 천황을 알현했다.

"전하께서는 이 일을 과연 어찌 수습해야 좋을 것 같습니까?"

천황은 크게 불안해진 나머지 사색이 돼 있었다.

"폐하께서는 과히 심려치 마십시오."

법민이 침착하게 대답했다. 이미 신라에서 건너온 1만의 정예부대가 자신의 출정 명령을 기다리며 대기하고 있는 상황인지라 위축될 이유가 전혀 없었던 것이다.

"나라에 불순한 무리들이 있어 이런 사단이 생겼으므로 전하께 면목이 없습니다. 허나, 일이 이 지경이 되었으니 손수 나아가 저들의 무례함을 크게 깨우치도록 하고 사태를 원만하게 수습해주시기를 바랄 뿐입니다.”

천황이 크게 한탄을 함과 동시에 법민에게 반란의 무리를 진무해줄 것을 부탁했다. 천황의 얼굴은 이미 백지장처럼 하얗게 변해있었다.

“기필코 저들을 토벌하고 난을 다스릴 것이오니, 폐하께서는 걱정하는 마음을 거두십시오.”

법민이 천황에게 말하고 난 뒤 고시황자를 향해 말했다.

“황자께서는 앞서 모반한 무리들을 향해 나아가되, 절대 먼저 싸움에 응하지 말고 과인을 기다리도록 하시오. 지금 신라에서 이르러온 군사들이 소신의 명을 기다리고 있으므로 그들을 이끌고 우리가 진발(進發)할 것인즉, 황자께서는 무슨 일이 있더라도 아군이 도착할 때까지 기다려야 한다는 것을 절대 잊으면 아니 될 것입니다.”

그리고나서 법민은 광길과 함께 즉시 출전하기에 이르렀다.

사자를 시켜 신라에서 온 군사들에게 싸움에 임할 준비를 서두르라는 명을 내렸다. 그리고 처음으로 삼천당과 육당의 군사들을 직접 대면하게 됐다.

“태상왕 전하! 이제야 이처럼 전하를 뵙게 되는

소신을 용서해주시옵소서!"

말에서 뛰어내린 인수(법민의 아우가 아닌 동명의 다른 인물)가 눈물을 흘리며 내달아 엎어지듯 땅바닥에 무릎을 꿇고 머리를 조아렸다.

"이게 과연 누구냐? 그대는 바로 인수공이 아닌가?"

법민은 오랜 세월이 흐른 후, 더구나 왜의 땅에서 그를 만나게 되자 반가움이 앞서 황급히 말에서 내린 후 덥석 손을 잡았다.

"그렇사옵니다, 태상왕 전하!"

인수는 여전히 엎드린 채 두 손으로 법민의 손을 마주 잡았다.

"세월의 흐름을 어찌 실감하지 않을 수 있으랴!"

인수의 얼굴은 어느새 허연 수염으로 뒤덮여 있을 뿐만 아니라 더욱 노숙해진 나머지 일국의 장수다운 풍모를 보이고 있었다. 그는 육당의 군사들을 지휘할 만큼 그 위치가 높아졌음을 뒤늦게 알 수 있었다.

"참으로 오랜 세월이 흐르는 동안 미처 전하의 안부를 헤아릴 여념이 없었사옵니다. 이 몸의 목을 치소서."

"자, 지금은 시간이 촉박하다. 못다 푼 회포는 후

일에 천천히 풀어도 늦지 않을 것이니, 즉시 군사를 일으켜 출발하도록 하자."

정겹고 반가운 상봉을 끝낸 일행은 1만의 군사들을 이끌고 앞서간 고시황자의 뒤를 바짝 쫓았다.

한편, 법민보다 한발 앞서 적을 향해 나아간 고시황자는 밤이 되자 서둘러 진을 치고 싸울 준비에 들어갔다. 그때 공교롭게도 한 무리의 적들이 나타났다. 어둠으로 인해 미처 상대가 누구인지도 헤아리지 못한 황자는 주위의 군사들을 독려하며 소리쳤다.

"적이 나타났다. 어서 진을 펼치고 경계에 임하도록 하라."

황자는 급히 수하에게 명을 내리고 싸울 태세를 갖추었다.

"하하하, 어리석은 고시황자라는 놈은 과연 어디에 숨었느냐? 어서 모습을 드러내고 나와 함께 실력을 겨뤄보지 않겠느냐?"

적진에서 황자를 찾는 목소리가 들려왔다.

"흥! 어떤 놈인지는 모르겠으나 죽을 자리를 스스로 찾아들었으니, 네놈이 바로 어리석은 놈이 아니겠느냐?"

황자는 크게 화를 내며 상대가 누구인지 살폈다.

하지만 도무지 알 수 없었다. 어둠 속에 숨어 이쪽의 신경만 건드리고 이익을 취하려는 야비한 의도임에 틀림없었다.

"하하하, 천무의 황후가 천황의 위에 올랐다? 그렇다면 네놈은 천황의 치맛자락에 숨어 몸을 보존하고 있을 것이지, 어찌 예까지 이르러 왔느냐? 목숨을 담보로 겁도 없이 우리를 토벌하겠다는 것을 보니, 경거망동이 참으로 가소롭기 짝이 없구나."

"흥, 가소롭다 하였느냐? 과연 누가 가소로운지는 서로 맞붙어 싸움을 한 후에 알 수 있는 것 아니겠느냐?"

황자는 제법 사리를 따져가며 상대를 추궁했다.

"뻔히 죽을 자리인 것을 알면서도 이처럼 이르러 왔으니, 어찌 어리석지 않으며 가소롭지 않다 할 수 있겠느냐? 지금이라도 늦지 않았으니, 목숨을 보존하려면 즉시 돌아가 어미의 치맛자락 뒤에 숨어 있음이 상책일 것이다."

"네 이놈! 무례함이 하늘을 찌르는구나!"

황자가 부르르 떨며 다시 그를 살폈다. 그는 다름 아닌 답발춘초(答炥春初)였다. 그러자 황자는 더욱 화가 치밀어 올랐다. 그는 천지천황으로부터 은혜를 입은 나머지 군사들을 감독하고 기강을 바로 세우는 장수의 직책을 맡아 2천여 명의 무사들을 지휘했다. 그러던 그가 변절한 나머지 모반을 일으킨 쪽에 가담하고 있다는 것을 알게 되자, 눈에 불이 이는 것처럼 분노가 솟았던 것이다. 즉시, 두 마리의 병마가 서로 뒤엉켰다. 양측의 우두머리끼리 싸움이 벌어지자 뒤따르던 군사들도 자연 합세해 저마다 싸움을 벌이기 시작했다.

횃불이 일렁이는 가운데 치열한 접전이 한동안 이어졌다. 횃불이 미치지 않은 어둠 속에서는 피아(彼我)의 구분도 불가능할 지경이었다. 칠흑처럼 깜깜한 가운데 병기들이 서로 부딪치는 날카로운 쇳소리가 이어졌다.

황자는 사력을 다해 접전을 벌이면서도 어서 법민이 군사들을 이르러 오기를 기다렸다. 만일, 여기서 꺾이면 자신의 운명은 물론 황실마저 위태로울 게 뻔했다. 천황을 비롯해 사직의 명맥이 끊어질 것이라는 생각에 마음이 급해졌다.

"이놈! 받아라."

황자는 큰소리로 외치며 외마디 기합과 함께 답발춘초의 목을 향해 칼을 내려쳤다.

"흐흐흐, 어림없는 수작이다."

답발춘초가 황자의 공격을 가볍게 막아낸 후 역습을 가했다. 긴장한 황자가 곧추세워 들고 있던 서늘한 검에 일렁이는 횃불이 반사돼 차갑게 빛이 났다. 그러나 싸움은 쉽게 끝나지 않았다. 오히려 맞서 싸우던 답발춘초가 갑자기 등을 돌려 달아나기 시작했다. 화가 치솟을 대로 치솟은 황자는 무작정 그 뒤를 쫓기 시작했다.

"뭐하고 있느냐? 어서 저 흉악한 놈을 쫓아 목을 치도록 하라."

어둠 속에서 서로 쫓고 쫓기는 추격전이 한동안 계속 됐다. 그러나 적들은 대적하려는 생각조차 않은 채 줄곧 도망가기에 바빴다. 자연 뒤를 따르는 보군(步軍)들과 황자와의 거리는 점차 멀어질 수밖에 없었다.

황자는 오직 도망가는 적의 그림자만을 쫓아 달리는 말에 박차를 가했다. 답발춘초의 비아냥거리는 목소리가 아직도 귀에서 뱅뱅 돌고 있는지라 치밀어 오는 화를 참을 수 없었다.

천지천황께서 대를 이어 충성하라며 어렵게 내려주신 황은(皇恩)까지 걷어차 버린 답발춘초의 얄미운 행위를 생각하자 그의 배신이 더욱 가증스럽게 느껴졌다. 반드시 놈을 잡아 몸을 갈기갈기 찢어 죽이고 싶었다.

"황자존께서는 뭔가 수상하다고 생각하지 않습니까?"

그때 황자와 나란히 말을 몰아가던 등원불비가 이상하다는 듯 고개를 갸웃거리며 물었다. 그러자 황자 역시 비로소 뭔가 수상하다는 생각이 들었다. 달리던 말을 멈추고 새삼 주위를 둘러보았다. 결코 먼저 싸움에 응하지 말라고 신신당부하던 법민의 말이 생각났다. 칠흑 같은 어둠에 싸인 주위의 음산함이 전신을 휘감아왔다.

"즉시, 말을 멈추어라!"

황자는 즉시 뒤따르는 기병들을 멈추도록 하고, 뒤늦게 적의 유인책인지도 모른다는 불길한 생각에 불안해질 수밖에 없었다. 자신을 뒤따르는 기병의 숫자라야 겨우 2백여 기에 지나지 않았다.

"아무래도 저들의 술수에 걸려든 것 같습니다."

등원불비가 어두운 표정으로 말했다. 황자 역시 비로소 크게 후회하는 마음이 들었다.

그때였다.

"흐흐흐, 네가 어리석은 놈이라는 걸 이제야 깨닫게 해주마."

칠흑 같은 어둠 속에서 갑자기 비웃는 듯한 웃음소리가 음흉하게 들려왔다. 연이어 곳곳에서 횃불이 밝혀지고 일렁이는 가운데 사람의 형상들이 수없이 나타나 크게 에워쌌다. 적에게 포위당하고 만 것이다. 순간, 깜짝 놀란 황자가 큰소리로 외쳤다.

"웬 놈이냐? 비겁하게 숨어 있지 말고 모습을 드러내라."

그러나 개미 소리 하나 들리지 않았다.

그때였다.

"이때를 놓치지 말고 화살을 퍼부어라!"

적장이 소리치는 것과 동시에 사방에서 화살이 쏟아졌다. 순식간에 포위된 황자와 기병들의 대열은 아수라장으로 변했다. 더구나 어둠 속에서 날아온 화살들이 기병을 향해 가차없이 공격을 가했으므로 여기저기서 비명소리가 낭자했다.

"으악!"

여기저기서 고통스러운 비명소리가 들려왔다.

"혈로(血路)를 뚫어 급히 물러나야 합니다."

위급해진 군사들의 목소리가 마치 메뚜기가 뛰듯

분분히 들려왔다.

"대형을 유지하라."

황자는 동분서주하며 군사들을 독려하기에 바빴다. 그러나 한번 헛디딘 발길에서 곤궁함을 일시에 면하기는 이미 어려웠다. 다행히 황자의 뒤를 따르던 보군들이 급히 이르러 와 큰 위험에서 벗어날 수 있었다.

다시 치열한 접전이 계속 됐다. 황자 역시 위험에서 벗어나자 다소 한숨을 돌릴 수 있었다. 그러나 그것도 잠시.

"고시황자라는 놈은 과연 어디에 있느냐?"

어느 틈에 다가왔는지 지척에서 답발춘초의 목소리가 들려왔다.

"네 이놈! 여기에 숨어 있었구나!"

어둠 속에서 벼락같은 고함소리가 들리더니 이내 싸늘한 바람 한줄기가 목을 향해 뻗어왔다. 이에 황급히 고개를 돌린 황자는 간신히 칼을 피하며 말배를 걷어차 달아났다.

황자와 답발춘초 사이에 필살의 살기가 난무하는 접전이 다시 벌어졌다. 하지만 황자는 답발춘초의 상대가 되지 못했다. 그의 공격을 피하기에 바쁠 뿐 도무지 공격할 기회를 갖지 못했다.

"이거야말로 큰일이다."

황자는 적의 유인책에 걸린 나머지 사지에 떨어진 자신의 어리석음을 탓할 수밖에 없었다.

"받아라!"

한순간의 여유도 주지 않은 채 답발춘초의 검이 황자의 옆구리를 노리며 다가왔다. 목숨이 마치 거미줄에 의지해 오락가락하는 것처럼 아슬아슬할 뿐이었다.

"아! 내가 어찌 이런 사경을 헤매는 지경에 빠졌단 말인가?"

황자는 스스로를 탓하며 살길을 찾기에 급급했다. 하지만 거기까지였다. 결국 답발춘초의 검에 갇혀 헤어 나오지 못한 나머지 그만 말에서 떨어져 버리고 말았다.

불행한 상황은 거기에서 끝나지 않았다. 옆에 있던 답발춘초의 수하 무사가 즉시 창을 비켜 들고는 말 위에서 황자를 찍어 내리니 가슴에 커다란 상처를 입고 말았다.

"황자존께서 말에서 떨어졌다!"

"고시황자가 창에 찔렸다!"

여기저기서 군사들이 크게 외치는 소리가 들렸다. 그러나 그들 역시 치열하게 싸우는 중이었기에 미처 황자를 돌볼 여유가 없었다.

"아, 정녕 여기에서 끝나고 말 것인가?"

황자는 땅바닥에 쓰러진 채 어두운 밤하늘을 올려다보며 한탄을 내뱉을 수밖에 없었다. 마치 뿌려놓은 듯 하늘에 무수히 뜬 별들만이 위급한 지경에 처한 황자의 모습을 내려다볼 뿐이었다.

뒤늦게 광길과 인수를 따르는 군사들을 이끌고 황자의 진영이 있는 곳에 도착한 법민은 고시황자가 보이지 않자 진을 지키고 있는 추광이(追廣貳) 고전수석성(高田首石成)에게 황자의 행방을 물었다. 그는 고천원광야희천황 3년에 세 가지 무기를 능숙하게 다루는 것을 칭찬하여 벼슬을 하사받은 이래로 충성을 굳게 맹세한 황자의 측근 중의 측근이었다.

"황자는 어디에 있느냐?"

"대반의 무리들이 이르러와 황자를 욕하며 비하하는데 크게 역정을 내신 나머지 적들을 단칼에 모조리 쓸어버리겠다며 쫓아갔습니다."

고전수석성이 그동안의 과정을 설명했다.

"아뿔싸! 그것이 바로 적들이 황자를 유인하기 위한 술책인데, 너는 어찌 황자로 하여금 적을 쫓아가도록 방관하고 있었느냐?"

법민은 크게 놀라 소리치며 그의 어리석음을 질책했지만 이미 늦은 뒤였다. 법민은 황자가 위험에 빠지는 것을 염려한 나머지 즉시 군사들을 움직여 앞으로 나아갔다. 그가 이끄는 군사들은 신라에서도 이름을 떨치던 정예병들로 모두 말을 다루는 기술이 뛰어난 기병들이었다. 말발굽소리가 마치 천둥소리처럼 지축을 울렸다.

광길과 인수가 법민의 옆에서 각각 5천의 군사들을 지휘하며 적의 무리들을 향해 질풍처럼 내달았다. 그러니 법민으로써는 무서울 것이 없었다. 서둘러 황자의 일행을 찾아 그의 목숨을 구해야 하는 다급한 과제가 있을 뿐이었다.

법민은 두 명의 늙은 장수와 함께 군사들을 이끌고 나란히 말을 달렸다. 그들이 이미 늙은 나머지 한편으로는 불안하기도 했지만 왕년의 빛나는 경력과 역전의 노장다운 위엄과 용맹함을 동시에 갖추고 있는지라 오히려 든든하기 짝이 없었다.

얼마 동안이나 말을 달렸는지 짐작조차 할 수 없었

다. 산 모퉁이를 돌아나가자 군사들의 비명소리와 창칼이 부딪치는 쟁쟁한 소리가 들려왔다. 이에 법민은 주위의 군사들에게 멈추라고 하명했다.

"광길과 인수는 즉시 나아가 모반하는 무리들을 토벌토록 하라!"

서둘러 두 사람에게 명을 내렸다.

"알겠습니다, 대왕 전하!"

"기꺼이 명을 받들겠나이다!"

두 사람이 동시에 대답하고는 즉시 말배를 걷어차고 나아갔다.

"천하에 불한당 같은 놈들을 모조리 쓸어버려라!"

"모반한 무리들을 도륙 내어 씨를 말리도록 하라!"

군사들 역시 사기가 충천한 나머지 큰소리를 쳤다.

"와~!"

유인책에 걸려 힘겨운 사투를 벌이던 황자의 군사들은 갑자기 나타난 법민의 지원군이 마치 하늘에서 임한 신장(神將)들처럼 느껴졌다. 1만의 기병들이 갑자기 쏟아져 나와 곳곳에서 적을 무찌르니 그 감격을 무슨 말로 표현할 것인가?

순식간에 전황이 뒤바뀌었다.

"하하하, 네놈들이 이제야 사지에 들었다는 것을

알 수 있으렷다!"

"하늘에서 우리를 도와 지원군이 내려왔다. 이 기회에 모반한 무리들의 씨를 말려 모두 쳐 죽여라."

법민의 군사들은 물론, 황자의 군사들이 한 덩어리로 어우러져 저마다 신이 나서 적을 쳐 죽이니, 적들이 혼비백산해서 도망가기에 바빴다. 그 모양이 마치 가을 광풍에 갈잎 날아가듯 했다.

법민은 서둘러 황자를 찾기 시작했다. 그러나 어디에서도 그의 모습을 찾을 수 없었다. 그때 마침 물부련마려의 군사 하나가 눈에 들어왔다.

"고시황자는 어디에 있느냐?"

"황자존께서는 중상을 입은 나머지 저쪽에 계십니다."

법민은 그가 가리키는 어둠 속으로 급히 다가갔다. 다행히 황자는 거기에 있었다.

"황자의 상태는 어떠한가?"

법민이 급히 물었다. 그러나 황자는 가슴에 깊은 상처를 입은 나머지 이미 정신을 잃고 있었다.

"황자존께서는 치명적인 부위에 중상을 입은 나머지 사경을 헤매고 계십니다."

주위에 둘러서 있던 군사가 대답했다.

"횃불을 가까이 가져오도록 하라."

즉시, 주위가 밝아졌다. 이윽고 법민이 황자의 상태를 살폈다. 위중한 상태임이 틀림없었다. 공교롭게도 엄심갑(掩心甲) 사이를 꿰뚫고 들어간 자상이 너무 깊어 도무지 손을 쓸 수 없겠다는 생각이 들었다. 숨이 아직 붙어 있는 것이 그나마 다행이었다.

"즉시 황자를 등원궁으로 옮기도록 하라! 황자의 안전을 위해 최대한 조심할 것이며, 또한 불순한 무리들의 기습을 경계해 호위에 각별히 신경을 쓰도록 하라."

법민의 명에 따라 급히 호위하는 군사들을 선발해 황자를 궁으로 옮겼다.

분분하던 싸움은 점차 끝나가고 있었다. 날이 밝아오자 승패가 두드러지기 시작했다. 마치 가을 태풍에 낙엽이 구르듯 처참한 모습을 보이는 것은 적의 시체요, 발에 걸리는 것은 대반안마려 군사들의 시신이었다. 한껏 기세가 올라 설쳐대던 담발춘초 역시 광길의 칼에 맞아 죽은 뒤였다. 무리의 수괴 대반안마려 또한 인수의 군사들에게 사로잡히고 말았다.

우군의 피해 역시 눈에 드러날 정도였다. 특히 고

시황자가 중상을 입은 채 사경을 헤매고 있다는 점에서 치명적인 피해를 입은 것에 다름 아니었다. 가까스로 모반 무리들을 토벌해 평정했으나, 천황으로서는 결정적인 손실을 입은 것이다. 천황의 뒤를 이어 보위에 올라야 할 황자에게 유고가 생긴 것으로, 만일 그가 불행하게 죽는다면 황위를 계승할 적임자가 없는 상황이 되는 것이었다.

돌아오는 길에 법민은 깊은 생각에 잠겼다. 과연 어찌 처신해야 할 것인지에 대한 궁리가 선뜻 서지 않았던 탓도 있었지만, 천하의 대권을 움켜쥘 수 있는 기회가 바로 이때가 아닌가 하는 생각이 들었던 탓이다.

'지금이 바로 하늘이 내려주신 절호의 기회가 아니고 무엇인가?'

비록 남이 불행한 처지에 놓인 기회를 이용하는 것이 선뜻 내키지는 않았으나, 다른 한편으로는 이런 천재일우의 기회가 다시 찾아올 것 같지 않았다. 그러나 절치부심 숨죽인 채 기회를 노리던 그로서는 쉽게 뿌리칠 수만도 없었다.

천황가의 입장에서 살펴보면, 어차피 누군가 황위를 넘겨받아야 하는 막중한 상황임에도 불구하고,

마땅히 황태자의 위치에 오를 수 있는 인물이 전무하다는 사실 역시 그로 하여금 고민에 빠지게 했다.

반군을 무찌른 승전의 여세를 몰아 등원궁의 천황을 압박해 들어간다면 어찌 여자의 힘으로 자신의 성성한 세력을 당해낼 수 있겠는가? 왜의 모든 세력이 지리멸렬한 지금의 상황으로 살펴봤을 때 충분히 대권을 움켜쥘 수 있는 자신감도 있었다. 그러나 다음 순간, 법민은 천천히 고개를 저었다.

'이는 천황에 대한 그동안의 신의를 저버리는 것이 될 것이다.'

법민은 자신이 왜에 이르러 와 원영진인천황과 지금의 천황으로부터 입은 후의를 등질 수 없었다. 아울러 신의와 신뢰를 저버린 후 천하를 움켜쥔들 아무 의미가 없다는 생각이 들었다.

'천명이 닿아야 비로소 원하는 바를 이룰 수 있는 일이거늘…….'

매사에 신의를 중히 여기는 법민으로서는 자신의 이익만을 좇아 의리를 저버리는 일을 결코 실행에 옮길 수 없었다. 이에 다음 기회가 스스로 다가와 주기를 기다리는 것으로 성성한 야망을 잠재웠다. 그리고 천황에게 나아가 모반의 무리들을 토벌했음을 복명하고 수고로움을 함께 나눴던 여러 군사들에게 상급을 후하게 내려주도록 간하는 것으로 마무리 지었다.

얼마 후 천황은 사자를 보내 광뢰대기신과 용전풍신에게 제사를 지내도록 했다. 천황의 입장에서는 대반안마려의 반란을 능히 물리쳤으므로, 이제는 황자의 중환(重患)이 회복되기만을 빌어 무사히 낫기만 하면 될 터였다. 이에 천하의 명약과 비책을 모두 동원해 황자의 중환이 쾌차하도록 조치를 강구했다. 그러나 중상을 입은 고시황자는 여전히 차도가 보이지 않았다. 오히려 헛소리를 심하게 하고 땀을 비가 쏟아지듯 흘리는 등 더욱 악화되는 듯했다.

열흘 후 고시황자는 결국 숨을 거두었다. 왜의 조야는 슬픔에 휩싸였다. 특히 고천원광야희천황의 슬픔과 상심은 눈으로 지켜보기에 안타까울 지경이었다.

천황은 원래 조용한 것을 좋아할 뿐만 아니라 침착하고 정적(靜的)인 사람이었다. 그러나 고시황자가 결국 목숨을 잃자 매사에 흥미를 잃은 나머지 국사를 돌보는 일에 더욱 흥미를 잃고 말았다. 따지고 보면 길야궁에 자주 행차한 이유도 번거롭기만 한 정사에 흥미를 느끼지 못했기 때문이었다. 무엇보다도 지금에 이르러서는 현재의 위치가 더욱 버겁고 부담스러울 뿐만 아니라 자신의 능력에 대해 의심하는 지경에 이르렀다.

천황은 급기야 양위를 생각하게 됐다. 문제는 과연 누구에게 막중한 국사를 맡겨 사직을 창창히 보존하고, 백성들을 편안하게 할 것인지가 문제였다. 천황은 여러 날에 걸쳐 고심에 고심을 거듭했다.

'결국…… 그와 필적할만한 마땅한 인물이 없음인가?'

천황은 몸서리치듯 전신을 떨었다.

그녀의 머릿속에 떠오르는 사람은 오직 한 사람! 천황은 이미 천하의 대세가 그에게 기울었음을 확연히 깨달을 수밖에 없었다.

'진정 하늘의 뜻이 그에게 있음인가?'

도무지 다른 대안이 없다는 사실에 모골이 송연해질 뿐이었다. 더 이상 밀고 당기며 버티고 저울질할 필요도 없었다. 어렵게 마음을 굳힌 천황은 황위를 형식적으로 지키며 백관을 호령하는 일조차 번거롭게 느껴졌다.

'천하를 면면히 흐르는 대세를 어찌 거스를 수 있음인가?'

천황은 탄식해 마지않았다. 그가 남편이었던 원영진인천황과 같이 삼한 땅에서 이르러 왔다 하지만 지아비의 배려에 힘입어 별궁에 머물며 이미 나라의 모든 실정과 정사에 깊이 간여하고 있을 뿐만 아니라 그를 대신하고, 그를 능히 능가할 인물이 주변에 없다는 사실에 스스로 놀라지 않을 수 없었다.

'결코 서두를 일은 아니다. 그러나 결국 그를 통해 국사를 전담토록 하는 것이 유일한 방책이라면 어찌 따르지 않을 것인가?'

황태자가 되다

결국 천황은 앓아눕고 말았다. 그러자 공경백료가 모두 힘을 합쳐 천황의 병이 낫기를 기도하고 불상을 만들기 시작했다. 황자를 잃고 난 후 괴롭고 쓸쓸한 심사에서 비롯된 후유증의 하나로 울화가 치밀어 생긴 마음의 병에 다름 아니다. 모든 신하와 백성들까지도 슬퍼했다.

7월 칠석 야밤에 상습적인 도적 109명을 사면했는데, 이 역시 천황의 완쾌를 기원하는 뜻이 있었다. 아울러 그들에게는 피륙을 각각 4상(常)씩 나눠주었으며, 외국인 죄인에게는 벼 20속을 주었다.

그믐에 이르러 공경백료가 만들기 시작했던 불상이 완성됐다. 이에 개안(開眼)회를 약사사(藥師寺)에서 개최했는데, 이 역시 천황의 병이 깊어진 나머지 완쾌를 비는 신하들의 염원이 담긴 것이었다. 그즈음, 법민은 작금의 상황을 예의 주시하며 잔뜩 긴장하고 있었다. 천황이 결단을 내릴 시기가 가까이 왔다는 걸 알고 있었기 때문이다. 법민은 직광사 대반숙니수박을 불러 은밀히 명을 내렸다.

"비록 폐하께서 병중에 있다지만 그대가 이르러 나아가 문후를 올리고, 폐하의 참뜻이 과연 어떤지 알아봄이 어떠한가?"

그는 대반가의 사람이었으나 지난번 모반에 연루되지 않았기에 살아남을 수 있었다. 만일 그를 보내 천황의 진의를 살피도록 한다면 과거의 적이라 할지라도 모두 포용하겠다는 자신의 의지를 밝힐 수 있을 뿐만 아니라 과거의 일을 씻은 듯 무마하고 능히 포용하는 모습을 보여줌으로써 성성한 세력을 과시할 수도 있을 것이라는 치밀한 계산에 따른 것이었다.

대반숙니수박이 천황을 배알한 후 현재의 어려운 상황과 공경백료들의 뜻을 가감(加減)없이 설명한 뒤 이윽고 입을 열었다.

"이대로 미루고 시기를 놓치는 일이 생긴다면 반드시 후회할 일이 있을 것이옵니다. 또 다시 모반하려는 불순한 무리들이 작당해 다시 난을 일으키고 민심을 어지럽힌다면 수습할 방책마저 마땅하지 않을 지경이옵니다. 이번 기회에 차라리 삼한의 그 어른으로 하여금 국사를 맡겨 나라의 편안과 사직의 안위를 도모해 보시는 것이 상책이 아니겠나이까?"

"짐이 앞으로 닥치게 될 일을 염려해 마음으로부터 작정을 한 지 이미 오래됐소. 허나, 정녕 삼한 땅의 대왕이 아니라면 국사를 맡겨 나라의 어려움을 타파해 나갈 인물이 없단 말인가?"

한동안 묵묵히 생각에 잠겼던 천황이 눈을 들어 말했다. 눈빛은 이미 병색이 완연했다.

"결코 그분이 아니라면 사직을 굳게 보존할 수 없을 뿐만 아니라 어려운 국사를 원만히 다스리려 만백성들의 안위를 도모하고 밖으로부터 밀어닥치는 압력을 능히 헤쳐나갈 수 있는 적임자가 없사옵니다. 폐하께서는 부디 깊이 통찰하시어 현명한 판단을 하시기 바라옵니다."

그분이란 곧 법민을 말하는 것이었다. 고심을 거듭하던 천황이 이윽고 입을 열었다.

"지난번 그대 집안의 무리들이 모반을 일으켰을 때 난을 평정해 공을 세운 신라의 군사들은 지금 어디에 있는가?”

신라에서 이르러 온 군사들이 난적들을 토벌한 후에도 여전히 나라 안에 머물고 있는지 확인하는 것에 다름 아니었다. 대반숙니수박은 즉시 기회가 왔음을 눈치챘다.

“소신이 알기로 그들은 여전히 신라로 돌아가지 않고 나라 안에 머물고 있사옵니다. 법민 태상왕께서는 그로 인해 마음이 사뭇 든든함을 얻어 계신 줄 아옵니다.”

대반은 대세의 흐름이 이미 법민에게 기울었음을 천황에게 직언하기를 머뭇거리지 않았다.

“…….”

천황은 다시 생각에 잠겼다.

자신이 병을 얻어 몸져누운 상황과 고시황자가 그처럼 죽은 일들을 생각하자 자연 만사가 귀찮고 번거로운 나머지 이미 때가 됐음을 스스로 깨달았던 것이다. 더구나 공경백료는 물론이고 백성들마저도 이미 그에게 뜻이 기울었음을 능히 알고 있는지라, 더 이상 시일을 끌어야 할 필요가 없다고 생각했다.

“그대는 대왕 전하께 전하라. 짐이 며칠 내로 황태자를 정해 보위를 하사할 것인즉, 마음을 단정히 하고 준비에 누가 되는 일이 없도록 하라고 일러라.”

천황의 표정이 자못 슬퍼 보였다. 그러나 마땅히 다른 방법이 없었으므로 대세를 받아들일 수밖에 없었다.

고천원광야희천황 11년.

마침내 법민은 왜의 황태자가 됐다. 이는 그가 천황에 즉위할 수 있는 충분한 여건이 조성됐을 뿐만 아니라 그의 지지 세력이 주위에 충분히 포진해 있다는 얘기에 다름 아니었다. 무력으로 쟁취한다 해도 충분히 가능한 일이었지만 인내하고 기다려 이윽고 천하의 대권에 한 발짝 다가서게 됐으니, 그 자연스러움이 흐르는 물과 같았다.

> 일본의 정사에는 문무천황이 고천원광야희천황 3년(서기 689년)에 죽은 초벽태자의 둘째 아들 경황자(輕皇子)로 기록돼 있다.
>
> – 『속일본기』 문무천황(文武天皇) 즉위전기

‘경황자’라는 뜻은 ‘가루황자’라는 의미로서, ‘가루’

란 '가라', 즉 '가야'에서 왔다는 뜻으로 삼한에서 건너 왔기 때문에 붙여진 이름이다. 따라서 경황자의 아버지 초벽태자는 원영진인천황이 임신의 난을 일으켜 정권을 쟁취할 당시(서기 672년)에 다섯 살 정도였으므로 문무천황이 즉위한 697년에는 29세쯤 됐을 것이다. 초벽태자가 29세라면 그의 둘째 아들인 문무천황은 즉위할 당시 겨우 10대 초반에 지나지 않았을 것이다. 그 때문에 일본의 정사를 집필한 사가들은 문무천황의 즉위 당시 연령이 15세였다고 기록하고 있다. 그러나 이러한 주장들이 조작된 것이라는 점은 후에 집필된 여러 문서에서 쉽게 찾아볼 수 있다.

그로부터 며칠 후.

천황이 보낸 내관이 법민에게 이르러 와 말했다.

"날이 밝는 대로 편전으로 납시라는 분부가 있었나이다."

다음날 법민은 의복을 단정히 하고 등원궁의 정청으로 나아갔다. 이미 자신을 따르는 일본국의 여러 신하와 추종자들이 무리를 이루었으며 또한 광길을 포함해 인수 등이 연일 별궁에 모여 장사진을 치며 세를 과시하고 있었기 때문에, 그는 여러 친왕과 직광사 이상의 위에 있는 자들과 함께 움직여 편전으로 나갔다. 정청 안은 이미 여러 공경 백료들이 줄지어 시립해 있었다. 자못 긴장감이 돌았으나 법민은 서두르지 않은 채 침착하게 말했다.

"소신, 폐하의 부르심을 받아 이르러 왔나이다."

"전하께 긴히 알려주어야 할 얘기가 있습니다."

천황은 오랜 병고에 시달린 나머지 몹시 수척해 보였다. 그러나 비교적 온화한 표정에 얼굴에는 엷은 미소까지 띠우고 있었다. 법민은 이미 천황이 마음속으로 결단을 내렸음을 미루어 짐작했다. 이에 천하의 대권이 자신에게 넘어오는 숨 막히는 순간이었기 때문에 긴장하지 않을 수 없었다. 다른 한편으로는 어쩔 수 없이 물러날 수밖에 없는 천황의 입장을 이해한 나머지 그녀의 처지가 안타깝다는 생각이 들었다.

"그동안 전하께서 이곳에 오신 후 참으로 오랜 인고의 세월을 보내셨습니다. 또한 나라의 반역하는 무리들을 크게 물리친 공이 있는지라, 어찌 고마운 마음을 전하지 않을 수 있겠습니까?"

"소신이 비록 지난해에 모반하는 무리들을 물리친 일이 있사오나 이는 천황 폐하의 하늘과 같은 황은에

비하면 참으로 누추하고 하찮은 것이옵니다. 폐하께서는 마땅히 소신의 송구스러운 점을 넓은 아량으로 살펴 옥음을 거두어 주십시오."

법민은 한껏 몸을 낮추었다. 그러나 역시 철저히 계산된 언행에 다름 아니었다.

"아닙니다. 이미 대왕 전하께서는 짐에 대한 충성을 창창하게 보여주었을 뿐만 아니라, 육신을 돌보지 않는 결단력으로 인해 천하가 이처럼 편안해졌으니, 어찌 전하의 공이 적다고 말할 수 있겠습니까?"

"망극하옵니다."

"작금에 이르러 나라의 형편을 되돌아 보건대, 참으로 곤궁한 처지라는 것을 짐이 확연히 깨닫고 있습니다. 이때에 이르러 짐이 대왕 전하께 보위를 선양하고 물러나 여생을 번거롭지 않게 보내고 싶을 따름입니다. 국사가 비록 다난(多難)할 뿐만 아니라 어지러운 일이 끊이지 않으나 전하께서 대권을 맡아 나라의 기틀을 바로 세워주시기 바랍니다."

"망극한 말씀을 거두어 주십시오. 어찌 미천한 소신이 그처럼 감당하기 어려운 대업을 능히 맡을 수 있겠습니까?"

법민은 의연함을 잃지 않고 일단 천황의 제의를

사양하는 모양새를 갖추었다.

"아닙니다. 그렇지 않아도 아녀자의 몸으로서 나라의 정사를 두루 살펴 국사를 결정하는 일에 이미 한계를 느끼고 있었을 뿐만 아니라 근래에 들어서는 건강마저도 시원치 않은 탓에 일찍이 황위를 전하께 양위하기 위한 준비를 진행하고 있었습니다. 기꺼이 전하께서 보위에 오르신 후 백성들을 아울러 진무(鎭撫)하고 크게 어지러운 천하를 태평성대로 이끌어 주시기 바라옵니다."

"천부당만부당 하오신 명이옵니다. 분부를 거두어 주시옵소서."

법민은 어디까지나 천황의 결단이 적절치 않음을 밝혔다. 지난날 대반이 천황을 알현했을 때 황태자를 정하겠다는 언질을 받은 바 있었으나, 오늘 갑자기 황위를 선양하겠다는 그녀의 말에 다소 당황할 수밖에 없었던 것이다.

"전하께서 거절하신다면 막중한 대권을 맡아 나라의 앞날을 밝게 이끌어나갈 마땅한 적임자를 찾기 어려운 지경이옵니다. 또한 면면히 이어져 내린 사직과 만백성의 안위를 과연 무슨 수로 지키겠사옵니까? 부디, 짐의 청을 거절하지 마십시오."

"망극하옵니다. 소신에게 어찌 대업을 감당할 능력이 있겠사옵니까?"

법민은 다시 몸을 낮춰 천황의 제의를 고사했다. 그러나 천황의 심중에 내려진 결단은 확고했다. 그녀로서는 오직 하루라도 빨리 황위를 물려주고 복잡한 국사에서 벗어나고 싶은 마음뿐이었다. 이에 천황은 즉석에서 조를 내려 다음과 같이 말했다.

"짐은 오늘 이후로 삼한에서 이르러 오신 법민 대왕 전하께 황위를 선양해 번거로운 국사에서 벗어날 것이다. 앞으로 나라의 어려운 일은 대왕 전하께서 주관하고 다스릴 것이니 천하의 모든 일을 전하께 하문토록 하라. 아울러 제왕과 제신들은 모두 전하를 모시는 일에 한 치의 어긋남도 없이 충실하고 성심성의껏 보필해 막중한 정사를 그르치는 일이 없도록 하라."

말을 마친 천황은 편전에 시립한 모든 공경백료들을 한 차례 둘러보았다. 그 눈빛이 참으로 허망하고 깊을 뿐이었다. 황자를 비명에 잃은 나머지 황위를 물려줄 적손이 마땅하지 않을 뿐 아니라 또한 막상 적임자가 있다 한들 어찌 법민 대왕의 성성한 세를 제압하고 그를 뛰어넘을 수 있겠는가? 천황으로서는 법민의 창성한 세력을 인정한 나머지 패배를 자인할 수밖에 없었다.

"폐하의 성지를 받들어 모시겠나이다."

천황의 조에 여러 신하들이 한 뜻으로 대답해 마지않았다.

"황공하옵니다, 폐하."

법민은 자신이 왜의 정통 위계를 이어받지 않았기에 한껏 몸을 낮추어 예의를 갖추었다. 나아가 혈연에 의해 이어져 내린 황위가 아닌지라 법민의 입장에서는 오히려 당연한 것이었다.

"전하께서 짐에게 황공할 일이 무엇이겠습니까? 다만, 짐이 불운하고 능력이 모자란 나머지 전하께 폐를 끼치게 됐으니, 오직 그것만이 안타까울 뿐입니다."

천황의 눈에 어느덧 이슬처럼 눈물이 맺혔다가 점점이 흘러내렸다. 그러나 어쩔 것인가? 이미 기울어진 싸움이었으며 결판이 난 뒤였다. 어찌 성성한 법민의 인맥과 군세(軍勢)를 꺾을 수 있으랴.

천황은 등원궁 정청의 천황 자리에서 홀연히 내려와 내관을 앞세우고 별궁으로 옮겨갔다. 이를 지켜보던 여러 신하들과 내관들은 안타까운 나머지 눈물만 흘릴 뿐이었다.

천황이 되다

찌는 듯한 무더위가 느껴지던 8월 초하루.

마침내 법민은 왜국의 제41대 천황에 즉위했다. 명실 공히 열도 전체를 다스려 지배하게 된 것이다.

『속일본기』의 기록에는 즉위 당시의 상황이 다음과 같이 실려 있다.

> **천지진종풍조부천황**(天之眞宗豊祖父天皇: 아메노마무네토요 오호지노 스메라미코토(몬무천황)은 천정중원영진인천황(天渟中原瀛眞人天皇: 아메노누나하라오키노마히토노 스메라미토, 천무천황)**의 손**(孫)**이며, 일병지황자존**(日竝知皇子尊: 히나미시노미코노미코토)**의 둘째 아들이다. 일병지황자존은 보자**(寶字) **2년에 황제로부터 칙**(勅)**이 내려 존호**(尊號)**가 추증돼 강궁어우천황**(岡宮御宇天皇: 오카노미야니 아메노시타시메시로시시 스메라미코토)**으로 칭**

해졌다. 또한 모(母)**는 천명개별천황**(天命開別天皇: 아메미코토히라카스와케 스메라미코토(천지천황의시호))**의 넷째 딸로, 평성궁어우일본근자천진어대풍국성희천황**(平城宮御宇日本根子天津御代豊國成姬天皇: 나라노미야니아메노시타시메시로시시 야마토네코아마츠미요토요쿠니나리히메스메라미코토)**이 바로 그다.**

천황은 하늘로부터 물려받은 덕이 있어 너그럽고 인자해 화를 밖으로 드러내지 않았다. 또한 널리 경사(經史)**를 섭렵하고 더불어 사예**(射藝: 활쏘기)**에 뛰어났다. 고천원광야희천황**(高天原廣野姬天皇: 다카마노하라히로노히메 스메라미코토(지통천황의 시호)) **11년에 황태자가 됐다.**

보위에 오른 지 일주일 후 법민(문무천황)이 조를 내려 말했다.

"현어신(現御神)으로서, 대팔도국(大八嶋國: 오호야시마구니, 일본)을 다스리시는 천황의 대명(大命)으로서 조(詔)를 내리는바 대명을 집시(集侍)하고 있는 황자들과 왕, 백관인(百官人), 천하의 공민(公民)들은 두루두루 들어라."

목소리는 하늘의 뜻에 닿을 정도로 경건하고 엄숙했으며, 땅을 진동하고 남을 만큼 간곡한 바가 있었다.

"고천원(高天原)에서 일이 시작돼 먼 천황의 조상의 어세(御世)에서 중반과 지금에 이르기까지, 천황의 어자(御子)로 태어나신 순서대로 계속 이어져 대팔도국을 다스리시는 질서에 따라, 천신(天神)의 어자로서 하늘에 계신 신이 수여하신 대로 행하여 온 이 태양의 계승자로서, 또한 고어좌(高御座)의 업(業)이며 현어신으로서 대팔도국을 다스리시는 왜근자천황(倭根子天皇: 야마토네코 스메라미코토, 자신에게 양위한 지통천황을 말함)의 명이 수여해주셔서 짊어지게 된 귀하고 높고 넓고 두터운 대명을 수여 받았으므로, 삼가 이 식국(食國: 오스쿠니) 천하를 정돈하며 평탄하게 하고 천하의 공민을 자애롭게 여기며 어루만질 것을, 신으로서 생각하며 조를 내리시는 천황의 대명을 두루 들으라고 조를 내린다. 이로써 천황의 조정이 설치하고 임명한 백관인들과 사방(四方) 식국을 다스리라고 임명받은 국국(國國: 쿠니쿠니)의 재(宰: 미코토모치, 재는 국사(國司)의 율령제 시행 전의 이름) 등에 이르기까지, 국법을 잘못해 범(犯)하는 자 없이 밝고 깨끗하고 곧고 성실한 마음으로 생각하고 다시 생각하여, 느슨하며 태만한 일이 없이 긴장하고 노력하며 받들어 섬기라고 조를 내림과 동시에, 이러한 대명을 두루 들으라고 다시 조를 내려 강조한다. 고(故)로 이러한 사정을 깨달아 정성껏 받들어 섬긴 사람은 그 봉사한 정상(情狀)에 따라 각각 칭찬을 내리며 위계(位階)를 올려 다스릴 것이다. 이러한 큰 뜻과 명을 두루 받들어 결코 흐트러지지 않도록 하라."

아울러 명을 내렸는데, 금년의 전조(田租: 수전(水田) 면적에 따라 징수하는 조세)와 잡요(雜徭: 공민에게 부과된 역력(力役)) 및 용(庸: 역력을 대신해 마포(麻布)등의 물품을 받는 것)의 절반을 면제해주었다. 또 3년 동안 대세(大稅: 정세(正稅)라고도 했다)의 이자를 거두지 말도록 했으며, 나이 많은 노인을 구휼하도록 유사에 명했다. 그리고 스무날에 이르러 등원조신궁자낭(藤原朝臣宮子娘: 후지와라노아손 미야코노이라츠메)를 부인으로 삼았으며, 기조신총문낭(紀朝臣寵門娘: 기노아손가마도노이라츠메)과 석천조신도자낭(石川朝臣刀子娘: 이시카와노아손 도네노이라츠메)을 비(妃)로 삼았다.

장장 16년 동안이나 왜의 땅에서 하릴없이 머물며 입신에 관한 원대한 뜻을 널리 펼칠 기회를 엿보았던 법민. 그는 마침내 천황에 즉위하고 뜻한 바를 펼치기 시작했다.

며칠 후 신라 사신 일길찬(一吉湌) 김필덕(金弼德)과 부사(副使) 나마(奈麻) 김임상(金任想) 등이 바다를 건너와 내조(來朝)했다. 법민은 반갑게 그들을 맞아 삼한 땅의 여러 가지 소식을 묻고 자신의 근황을 전했다.

"소신들은 무상법사(無相法師)가 천황의 즉위를 축하드리기 위해 내도(來到)하려는 뜻을 미리 전해 드리라고 명하였기에 이르러온 것일 뿐이옵니다. 너그럽게 살펴주시옵소서."

필덕이 엎드려 고했다. 장차 신라의 정식 사신으로 무상법사가 도착할 것이라는 얘기였다.

"과연 무상이 바다를 건너 짐을 뵙겠다고 분명히 일러 말하였느냐?"

필덕의 말에 깜짝 놀란 법민이 기쁜 표정으로 되물었다. 삼한을 떠난 지 실로 오랜 세월이 흘렀으므로 송아지가 어미를 그리워하듯 먼 산을 보며 고향을 그리워하고 있던 중 셋째 아들 무상이 이르러 온다는 소식을 듣자 마냥 기쁘기 짝이 없었던 것이다.

"그러하옵니다, 폐하."

"무상이 짐을 찾아 바다를 건너온다니, 참으로 기쁜 일이로다"

법민은 기쁨을 감추지 못했다.

그리고 삼일 후 무상법사가 등원궁에 도착했다.

법민은 무상을 내전에 불러들이고 비로소 정식으로 격식을 갖추어 아들로 하여금 아비를 뵙는 예를 취하게 했다. 무상은 일찍이 불법에 뜻을 둔 나머지 형제들과는 서로 다른 길을 걸어온 승려의 신분이었으나 효소왕의 배려로 아버지 법민을 뵙기 위해 사신자격으로 바다를 건너온 것이었다.

"소자 무상, 이제야 비로소 이십여 년 만에 아바마마를 뵈옵니다. 참으로 오랜 세월이 덧없이 흐르도록 격조했으니 이 또한 어찌 불효라 하지 않을 수 있겠습니까? 소자의 불효 막급함을 너그럽게 용서해주십시오."

무상이 엎드려 눈물을 흘리며 말했다. 승려의 몸이라고는 하지만 복받쳐 오르는 격정을 숨길 수 없었으며, 무엇보다 가슴 속에 뜨겁게 흐르는 천륜을 제어할 수 없었다.

"삶이 어찌 마음먹은 대로 이루어질 수 있겠느냐. 허나, 참으로 오랜만에 너의 현신을 대하고 보니 짐 또한 사뭇 격한 감정을 스스로 다스릴 수가 없구나."

법민 역시 눈물을 글썽이며 엎드린 무상을 손수

일으켜 세웠다.

"황공무지로소이다, 아바마마!"

무상은 여전히 흐느껴 울며 감회를 쉽게 다스리지 못했다. 그러자 법민이 근엄한 표정으로 꾸짖었다.

"승려의 몸으로 어찌 세속의 인연을 칼처럼 끊지 못한 채 그처럼 자신의 감정을 쉽게 드러내느냐?"

그제서야 무상은 눈물을 멈추고 승려의 신분으로 되돌아왔다.

"황공하옵니다."

"그래, 험한 겨울 바다의 여정에 고생이 심하지 않았느냐?"

자식을 대하는 아비의 따뜻함이 넉넉하게 느껴졌다.

"겨울 바다이기에 험하다는 얘기를 듣고 잠시 망설였으나, 어찌 아바마마를 뵙는 일을 머뭇거릴 수 있겠습니까? 서둘러 이처럼 한달음에 달려왔사옵니다."

"하하하, 잘했느니라."

그제서야 두 사람은 너털웃음을 터뜨리며 즐거움에 흠뻑 취했다.

그날 밤, 법민은 무상, 광길, 인수와 함께 오랜만에

회포를 풀었다.

"법사께서는 불법에 심취하신 나머지 이제는 득도하실 일만 남은 듯 보입니다. 참으로 경하(敬賀)드리옵니다."

광길이 무상에게 말했다.

"아바마마께서 이곳에 건너오신 이래 줄곧 옆에 모시며 보필해주신 은혜 결코 잊지 않겠습니다."

광길의 말에 무상이 그를 향해 깊이 고개를 숙이며 말했다. 자식 된 도리로 가까이서 아비를 섬기지 못했으나, 광길이 가까이서 모시며 자식의 불효를 대신했으므로 새삼 고마운 마음을 전한 것이다. 아울러 인수에게도 고마운 마음을 전했다.

"장군께서 이곳에 건너와 아바마마를 보필해 큰 공을 세우셨다니 참으로 감사드릴 뿐입니다."

"소신이 이룬 공이란 없습니다. 다만 천황 폐하의 지시에 따랐을 뿐입니다."

인수는 겸손해마지 않았다.

"법사께서는 승속(僧俗)의 구분이 엄연한지라 곡차를 마시지 않겠습니다?"

잠자코 있던 법민이 무상을 쳐다보며 속인으로서 승을 대하는 농을 던졌다.

"아니옵니다!"

무상이 펄떡 뛰며 손까지 내저었다.

"하하하……."

모두들 호탕하게 웃고 나자, 무상이 다시 입을 열었다.

"소승이 비록 불문에 들어 불법을 구하는 승려의 처지에 놓였지만, 오랜 세월이 흐른 뒤 홀연히 아버님을 이처럼 만나 뵙게 됐으니, 어찌 한 잔의 곡차인들 마다할 수 있겠습니까? 오늘 하룻밤은 기꺼이 승속(僧俗)의 구분을 두지 않고 대취해 보겠습니다."

무상이 밝은 표정으로 말하며 스스럼없이 술잔을 들어 단숨에 비웠다. 이를 바라보는 법민의 눈빛이 따뜻하게 빛났다.

"오늘 밤은 우리 모두 대취해 보도록 하자."

법민이 잔을 들어 동의를 구하자 모두들 동시에 잔을 들어 비웠다. 법민은 시간가는 줄 모르고 무상과 마주앉아 얘기꽃을 피웠다.

이별

법민천황 2년(서기 698년) 정월 초하루.

법민은 대극전(大極殿)에서 조하(朝賀)를 받았다. 문무백관은 물론 신라의 조공사(朝貢使)로부터도 적법한 절차에 따라 하례를 받았다. 신라 사신들을 바라보는 법민의 눈빛에 따뜻함이 넘쳐났다.

며칠 후 김필덕 등과 함께 무상이 신라로 돌아갔다. 법민은 아들과 헤어지기 싫은 나머지 한동안 말을 잇지 못했다. 다행히 법민의 심사를 헤아린 무상이 먼저 말을 건넸다.

"아바마마, 이 몸 참으로 발길이 떨어지지 않사옵니다. 하오나 회자정리(會者定離)는 인간 세계의 어쩔 수 없는 원칙이옵니다. 백성을 돌보는 일과 불법을 구하는 길이 서로 다른지라 어찌 끝까지 함께 할 수 있겠습니까? 부디, 강녕하시고 아버님과 삼한 땅의 이홍왕 두 분 부자가 서로 어울린 나머지 왜와 신라에서 오래도록 선정을 베풀어주시기를 기원하는 바입니다."

"정녕, 네가 돌아가야 하겠느냐?"

모처럼 만나게 된 부자의 정을 단숨에 떨쳐버리기 어려운 나머지 법민은 못내 애석함을 감추지 못했다.

"그러하옵니다. 소승은 불법을 닦는 중인지라, 또한 갈 길이 따로 있으니 어찌 머뭇거릴 수 있겠사옵니까? 또한 소자가 가까이 있으면 오히려 아바마마가 국사를 펼치는 일에 방해만 될 것이옵니다. 이제 아바마마께서 이처럼 강건한 것을 보고 돌아감에 오히려 소자의 발걸음이 한결 가벼워졌습니다."

법민은 궁성 밖에까지 따라나와 무상이 떠나는 모습을 오래도록 지켜봤다.

며칠 후.

궁궐의 뜰은 물론이고 산과 들에 벚꽃이 눈이 시릴 정도로 만발한 어느 날, 법민은 광길과 마주앉았다. 법민은 오랜만에 광길에게 자신의 속내를 털어놓았다.

"짐이 왜국의 정사를 직접 맡아 대소사를 처리하고 보니, 이 나라의 법령이 명문으로 엄연히 정해져 있으나 조악하고 미숙한 점이 많을 뿐 아니라 그 시행 과정이 또한 추상처럼 엄하지 못해 적지 않은 시행착오와 그릇됨을 발견하게 됐다."

광길 역시 자신이 느낀 솔직한 소회를 밝혔다.

"아무래도 삼한 땅의 법령처럼 완벽하지 못할뿐더러 일을 추진하기가 미흡할 것으로 소인도 사료되고 있었사옵니다."

"내 어찌 이런 사정을 뻔히 알면서도 고치지 않을 수 있겠느냐? 기필코 이 나라의 법체계를 바로잡을 수 있는 새로운 법령을 만들 것이며, 앞으로는 그 법령에 따라 백성들을 다스릴 것이다."

"하오면 폐하께서는 과연 어떤 복안이 있으십니까?"

광길이 법민에게 물었다.

"삼한에서 쓰던 법을 들여다 모자란 부분을 조금 고치고, 넘치는 부분을 삭제해 이 나라의 실정에 맞춰 보완한다면 훌륭한 법률 체계를 완성시킬 수 있으리라 믿는다. 따라서 가까운 시일에 새로운 법령을 만들어 반포할 생각이니라."

법민은 비록 삼한과는 바다를 사이로 멀리 떨어져 있지만, 오직 선정을 베풀어 만백성들이 마음 놓고 생업에 종사할 수 있도록 만들겠다는 의지를 밝혔다.

다음 날 아침.

"나라의 법을 유심히 살펴볼진대 크게 미흡한 점이 많은지라 짐이 새로운 법령을 만들 생각이오. 여러 공경들의 뜻은 과연 어떻소?"

법민은 조정 대신들을 모두 불러 새로운 법을 만들겠다는 뜻을 전했다.

"참으로 지당하신 분부이옵니다."

여러 신하들이 자신의 뜻에 찬성했다. 이에 즉시 사신을 신라에 보내 삼한 땅의 법문(法文)을 가져오도록 한 후 새로운 율령을 만들게 됐다. 그렇게 해서 만들어진 것이 바로 '대보율령(大寶律令)'으로 왜국을 통치하는 반석이 됐다.

여름이 됐다.

근강(近江)과 기이(紀伊) 두 국(國)에 역병이 돌았다. 법민은 즉시 약을 지급해 치료케 했다. 또한 주유인(侏儒人: 키가 작은 사람)인 비전국(備前國) 사람 태대형(泰大兄: 하타노오호에)에게 향등신(香登臣: 가토노오미)이란 성(姓)을 하사했다.

그리고 남도(南嶋)의 한 고을에서 민란(民亂)이 일

어났음을 알리는 급보가 올라왔다.

"어찌하여 그런 일이 생겼는가?"

법민이 사자에게 자초지종을 물었다.

"몽매하고 무지한 촌락의 백성들이 무리를 만들고 떼를 지어 작당한 나머지 관아를 점령하고 선량한 백성들을 노략질함으로, 서둘러 수습도록 해달라는 청이 올라와 있사옵니다."

"난적들의 숫자가 과연 얼마나 되더냐?"

법민이 다시 물었다.

"정확히 헤아릴 수는 없었으니 대략 1천여 명쯤 된다고 들었사옵니다."

법민은 즉시 융기(戎器)고를 열어 무기를 지급한 뒤 무광이(務廣貳) 문기촌박사(文忌寸博士: 후미노이미키하카세) 등의 여덟 명의 장수들로 하여금 민란을 평정하도록 했다.

"지금 즉시, 급히 남도로 나아가 그곳의 민란을 평정하고 백성들을 구하도록 하라,"

"폐하의 분부를 받들겠나이다."

문기촌 일행은 즉시 군사들을 이끌고 남도로 향했다.

가뭄이 들어 산과 들의 논과 밭이 타서 마치 불이

붙은 듯했다. 이에 방야(芳野: 요시노)의 수분봉(水分峯)의 신에게 말(馬)를 바치며 '비를 내려 백성들의 편안함을 보살펴 줄 것'을 빌었다. 그래도 비가 오지 않자 모든 신사에 폐백(幣帛)을 봉납(奉納)하고 비가 내리기를 기구(祈求)했다. 또한 초닷새에도 경(京)과 기내(畿內)에 사신을 보내 비가 내리도록 명산(名山)과 대천(大川)에 빌었다.

보름께 나라 안의 여러 국(國)에 사신을 보내 논과 밭을 둘러보게 했다. 계속해서 비가 내리지 않는 관계로 기근이 심해져 백성들의 삶을 돌아보고 농사에 미치는 영향을 둘러보도록 하기 위한 배려에 다름 아니었다.

6월 들어서도 여전히 비가 내리지 않자 법민은 심려가 편치 않았다. 다시 말(馬)을 바쳐 제사(諸社)를 지냈다. 비가 내리기를 모든 신사와 사당에 기구했으나 여전히 한해(旱害)가 그치지 않았다.

다음날 직광삼 전중조신족마려(田中朝臣足麻呂: 다나카노아손 다리마로)가 죽었다. 이에 법민은 조(詔)를 내려 직광일을 추증했다. 비록 자신이 망명하기 전의 일이었지만 그는 임신의 난 당시 연개소문을 도와 그를 천황을 만드는데 결정적인 역할을 했기에 그의 공적을 기린 것이다. 법민은 비록 세월이 흘렀지만 신상필벌(信賞必罰)에 있어서는 이처럼 엄중했으며 또한 의리 역시 끝까지 지키려 노력했다.

도조화상(道照和尙)이 물화(物化: 사망)했다.

법민은 심히 애석하게 여긴 나머지 생의 허무함을 다시 한 번 절실히 느꼈다. 이에 사신을 보내 조문하고 명복을 빌어주었다. 그가 원래 신라의 승려였을 뿐만 아니라 과거 자신이 왜로 망명해 마땅한 지위에 미처 오르지 못하고 명을 부지하며 세월을 죽이고 있을 때 서로 교우하며 적적함을 달래줬음을 가상히 여긴 탓이었다. 또한 그는 법민에게 불법에 귀의할 것을 권하며, 생의 윤회(輪回)에 대해서 알아듣도록 일목요연하게 설법하기를 마다하지 않았다. 아울러 자신이 죽음을 가장하고 왜로 망명한 뒤에도 삼한 백성들의 안위를 염려해 동해의 바위섬에 가장(假葬)까지 만들게 된 일 등 모든 일들을 깊이 이해하고 용기를 북돋아주었다.

화상은 원래 하내국(河內國) 단비군(丹比郡) 사람이

었다. 그러나 신라에 건너가 성취한 바가 많았으므로 인연을 중시한 셈이었다. 속성(俗姓)은 선연(船連)이며, 부 혜석(惠釋)은 소금하(小錦下) 지위에 있었다. 또한 그는 계율(戒律)과 수행(修行)에 결(缺)한 바가 없었으며, 특히 인행(忍行)을 숭상했다. 일찍이 그의 제자가 그의 인성(人性)을 실험하고자 몰래 변기에 구멍을 뚫어 놓았는데 이를 모른 채 변을 본 나머지 화상의 변이 그만 새어나와 피욕(被褥: 침구)을 더럽힌 적이 있었다. 이에 그가 웃으며 말했다.

"방탕한 소자(小子)가 남의 침상을 더럽혔구나."

그는 제자를 탓하지 않았다.

화상은 효덕천황(孝德天皇) 백치(白雉) 4년에 사신을 따라 당에 들어갔는데 종정(宗正) 삼장법사(三藏法師: 서유기(西遊記)에 등장하는 법사를 말함)를 만나 그를 스승으로 삼고 업(業)을 전수받았다. 삼장은 화상을 귀히 여긴 나머지 그를 같은 방에 살도록 했다.

"내가 옛날에 서역(西域)에 간 일이 있었는데 길에서 배가 몹시 고팠던 적이 있다. 그러나 근처에는 걸식을 청할 마을이 없었다. 그때 문득 한 사문이 나타났는데 손에 배(梨)를 가지고 있었으므로 같이 나눠 먹었다. 나는 그것을 먹은 후 기력이 나날이 좋아졌는데, 지금 너는 그 배를 가지고 있던 그 사문과 마찬가지다."

삼장은 화상을 칭찬해 만족해하기를 마다하지 않았다.

"경론(經論)은 뜻이 깊고 오묘하여 그 끝간 곳을 탐구할 수 없다. 그러므로 선(禪)을 배워 동토(東土: 일본)에 전하는 것만 못하다."

도조화상은 삼장법사의 위와 같은 가르침을 받들어 처음으로 선정(禪定)을 배우기 시작했다. 그리고 얼마 후 다시 사신을 따라 귀조(歸朝)했는데, 그 때 삼장법사가 화상과 헤어짐을 섭섭하게 여긴 나머지 지니고 있던 사리(舍利)와 경론을 모두 그에게 주며 다음과 같이 말했다.

"사람만이 도(道)를 넓힐 수 있으므로, 지금 이 글을 네게 주고 그 결과를 지켜볼 것이다."

또 당자(鐺子: 냄비의 일종) 하나를 주며 "내가 서역에서 돌아올 때 가지고 온 것이다. 이것으로 음식을 요리하거나 삶아 섭취하면 능히 환자를 치료하고 병을 낫도록 할 것인즉, 병자를 치료하는 데 긴히 쓰도록 하라. 결코 신통한 효험이 없지 않을 것이다."

화상은 감사의 인사를 전하며 흐르는 눈물을 주체

하지 못한 채 스승과 작별하기에 이르렀다. 그리고 등주(登州)에 이르러 배가 떠나기를 기다리는데 사인(使人)들 중에 병자가 많았다. 화상은 당자를 꺼내 물을 데우고 죽을 끓여 두루 병자들에게 나눠주었는데 즉시 효험을 본 나머지 모두들 홀연히 일어났다. 얼마 뒤 배를 묶은 밧줄을 풀고 순풍을 타고 배가 출발했다. 그러나 이삼일 후 갑자기 배가 표류하며 움직이지 않게 됐는데 칠일 낮 칠일 밤이나 계속 됐다. 이를 괴이하게 여긴 사람들이 수군거리기 시작했다.

"날짜를 헤아려보니 응당 본국에 도달했어야 할 것인데, 배가 이처럼 바다 한가운데서 꿈쩍도 하지 않은 채 앞으로 나아가지 않으니 이 무슨 변괴인가? 생각건대, 반드시 무슨 뜻이 있을 것이다."

마침 그들 중 점을 치는 사람이 하나 있었다.

"용왕께서 당자를 몹시 가지고 싶어 하는 연유로 인해 배를 앞으로 나아가지 못하게 하는 것입니다."

이에 화상이 바다를 내려다보며 말했다.

"이 당자는 삼장법사께서 내게 베풀어주신 귀한 물건인데, 어찌 감히 이 물건을 찾는단 말인가?"

화상은 스스로 이상하게 생각하면서도 당자를 내놓지 않으려 했다.

"지금 당자를 아까워할 때가 아닙니다. 만일 당자를 용왕께 주지 않으면 배가 뒤집힐 것은 물론, 우리 모두 물고기 밥 신세를 면치 못할 것입니다. 스님께서는 즉시 바다에 당자를 던지고 우리의 목숨을 살려주십시오."

화상은 할 수 없이 쥐고 있던 당자를 바다 속에 던져 넣었다. 순간, 배가 앞으로 나아가 무사히 본조(本朝)로 귀환할 수 있었다.

귀조 후 화상은 원흥사(元興寺)의 동남쪽 구석에 따로 선원(禪院)을 짓고 살았다. 이때 천하의 행업지도(行業支徒)들이 그에게서 선(禪)을 배웠다. 나중에는 천하를 주유(周遊)했는데 길옆에 우물을 파서 목마른 백성들을 구제했으며 진(津)과 나루터에 배를 마련하고 다리를 놓아 백성들이 무사히 건널 수 있게 했다. 그때 만든 다리가 바로 산배국(山背國)의 우치교(宇治橋)이다.

화상은 거의 10여 년을 주유(周遊)하며 각처를 떠돌았다. 그러다가 천황의 칙(勅)을 받고서야 겨우 돌아와 선원에 머물러 살 것을 요청 받아 원래처럼 좌선(坐禪)을 하며 삼일에 한 번 일어나기도 하고, 또 어떤 때는 칠일에 한 번 일어나기도 했다. 그런데 어느 날인가 갑자기 그가 좌선해 정진하던 방에서 찬란한 빛이 서리고 홀연 향기가 품어져 나와 여러 제자들이 놀란 나머지 화상을 알현하니, 승상(繩床)에 단좌(端坐)한 채 숨이 끊어져 있었다. 그때 그의 나이 72세였다.

제자들이 유교(遺敎)를 받들어 율원(栗原)에서 화장(火葬)을 했다. 또한 사람들이 지켜보는 가운데 화장을 끝내고 제자와 친족들이 서로 다투어 화상의 뼈를 수습하려 했으나 홀연 표풍(飄風: 회오리바람)이 불어와 그 재와 뼈를 한 점 남김없이 모두 날려버려 끝내 그 가는 곳을 알 수 없었다.

직광사 좌백숙니마려(佐伯宿祢麻呂) 일행이 신라로부터 돌아왔다. 그들이 신라에서 가져온 진기한 물건들을 바쳤다. 그러나 법민은 삼한 땅의 소식부터 물었다.

"그래 삼한의 조야(朝野)와 산천이 두루 무고하더냐?"

"산천이 여전히 수려하여 풍광이 마치 별천지와 다름이 없었사옵니다. 더구나 금년엔 두루 풍년이 든 나머지 온통 누런 곡식들로 넘쳐나고 있었나이다."

좌백숙니마려가 허리를 깊이 숙인 채 대답했다.

"삼한 땅에 그처럼 풍년이 들었다면 백성들의 수고로움이 훨씬 수월할 것이로다."

법민은 광길을 돌아다보며 흡족한 미소를 보냈다. 이에 광길 역시 법민과 의미가 담긴 눈길을 교환하며 서로의 마음을 위로했다.

동짓달 초순이 지난 어느 날이었다.

"폐하, 삼한 땅에서 사신이 이르러 왔나이다."

내관이 급히 알렸다.

"뭣이?"

법민은 너무나 반가운 나머지 깜짝 놀라 되물었다.

"어서 들라 하라!"

급히 사신에게 알현을 하락했다. 그러나 그가 아뢰는 내용은 결코 기쁜 소식이 아니었다.

"신, 살찬(薩湌) 김소모(金所毛) 천황 폐하를 뵙기 위해 여러 날에 걸쳐 춥고 먼바다의 여정을 힘들여 왔으나 슬픈 소식을 전해 드리게 돼 죽을죄를 지었나이다. 이 몸의 목을 치소서!"

소모가 즉시 목을 늘어뜨린 채 울음을 터뜨렸다.

"삼한 땅에 과연 무슨 일이 있었더냐? 어서 일러

보아라!"

법민이 사신의 우는 모습을 보고 놀란 나머지 서둘러 사연을 물었다. 초조함과 조바심이 일어 참을 수 없었던 것이다.

"신라 현 임금의 어머님께서 노환(老患)을 이기지 못하시고 여러 날 동안 앓던 끝에 끝내 세상을 떠나셨사옵니다. 폐하의 심기를 어지럽힌 죄를 물어 이 몸의 목을 치시옵소서."

소모가 다시 엎드린 채 길게 목을 늘어뜨렸다.

"자의왕후가 세상을 떴단 말이더냐?"

법민은 탄식하고 기가 막힌 나머지 눈물조차 나오지 않았다. 법민은 자의왕후를 왜로 데려와 곁에 두지 못한 것을 뒤늦게 후회했다. 그러나 누구를 탓하고, 누구를 원망할 것인가. 이미 자의왕후는 죽고 없는 것을…….

그런데 얼마 후 뜻밖의 일이 일어났다.

신라에서 온 사신 사찬 김소모가 갑자기 죽은 것이다. 자의왕후의 죽음을 알리러 왔다가 미처 돌아가지 못하고 있던 중 변을 당한 것이다. 법민은 황망한 중에도 시(絁) 150필, 면 932근, 포 100단을 조문하는 한편 조를 내렸다.

"이는 짐의 본국인 신라에서 온 사신이 급사한 일로써 매우 중요한 일이다. 즉시, 김소모의 죽음에 대해 세밀히 조사하고 혹시 그의 죽음에 고의적이거나 불순한 무리들의 술책이 있었는지 탐색해 만일 관여한 무리들을 적발하거든 대역의 죄로 다스려야 할 것이다."

법민은 깜짝 놀란 나머지 이번 일이 불순한 무리들에 의해 은밀히 계획된 나머지 벌어진 일일지도 모른다는 의구심이 들었다. 만일 누군가의 계책으로 인해 신라 사신이 희생을 당했다면 결코 간과해서는 안될 일이었다. 한편, 법민은 김소모와 함께 왔던 소사(小使) 급찬 김순경(金順慶) 및 수수(水手: 사공)에게도 두루 녹을 내려 그 노고를 위로했다.

법민천황 6년(서기 702년).

비로소 신율(新律)을 반포했다. 이로써 오랫동안 마음속으로 결단했던 바를 '대보율령'이라는 이름으로 천하에 공포(公布)하게 돼 감회가 새로웠을 뿐 아니라 이를 차질 없이 이루기 위해 남다른 마음고생을 했던 일과 그동안의 공력(功力)이 헛되지 않았음을 미루어 실감할 수 있었다. 또한 뜻있는 율령을 스스로의 의지에 따라 새롭게 펼치게 됨으로써 마음도 훨씬 가벼워졌다.

한편, 월후국에 역병이 돌고 있다는 급보를 받은 법민은 칙을 내려 서둘러 의약을 보내 치료하고 민심이 가라앉도록 조치했다. 아울러 이날 대폐(大幣)를 반급(班給)하기 위해 급히 역마를 띄워 제국의 국조(國造)들을 입경(入京)하도록 명했다.

엿새 후에는 제국의 대조(大租)와 역기도(驛起稻: 역에 속해 있는 역전(驛田)에서 수확한 도를 말하는 것으로 이 곡식을 다시 출거해 그 이자로 회수되는 이도(利稻)를 역의 제반 경비(經費)로 충당했음)와 의창(義倉: 흉년에 대비해 각 호로부터 속(粟)을 징수하여 저장해두는 창고), 그리고 병기의 수량을 기록한 문서를 처음으로 변관(辨官: 태정관 휘하에 소속된 부서로서 행정사무를 집행하는 기관)에 송부(送付)하도록 명을 내려 시행토록 했다.

국사(國師: 지방의 각 국(國) 안에 존재하는 사원과 승니들에 대한 감독기능을 행하며 경전을 강독하기 위해 파견된 승관(僧官). 국가가 지방에 파견한 불교 관련 감독관이라고 할 수 있다.)를 임명했다.

얼마 후에는 제국의 국사(國司)들이 처음으로 일(鎰:

'카키'로서 여기서는 정창(正倉)의 열쇠를 가리킴)을 지급받고 돌아갔다. 이보다 앞서 별도로 세사(稅司)에 일(鎰)을 관장하는 주익(主鎰)이라는 관(官)이 있었는데 이때에 이르러 처음으로 국사에게도 지급하게 된 것이다. 비로소 도(度: 길이)와 양(量: 부피)을 잴 수 있는 기구를 마련해 천하의 제국에 나눠주었다. 따라서 앞으로 어떤 물건의 길이와 부피를 재고 거래하는 데 있어 편의를 제공한 셈이었다.

법민은 새로 지어 단장한 나머지 깔끔하고 웅장할 뿐만 아니라 저절로 위엄이 느껴지는 등원궁(藤原宮)의 정전(正殿)에 거동해 재계(齋戒)하고, 행사가 끝난 후에는 폐백 모두를 기내 및 7도의 모든 신사에 골고루 나눠줌으로써 천황의 위엄에 다소나마 흠이 생기지 않도록 조치했다.

또한 이규이궁(二槻離宮)을 수선하도록 하명하고 오래된 고궁을 산뜻한 모습으로 탈바꿈시켰다. 아울러 월중국(越中國)에서 네 개의 군(郡)을 분리해 월후국으로 편입시키도록 했다. 미농국의 다기군(多伎郡) 백성 716호를 근강국의 포생군(蒲生郡)으로 이주시켰다. 이는 그들이 생계가 어려운 나머지 이주해 살고 싶다는 청원을 올렸으므로 이에 따른 조치였다.

비탄국(飛驒國)이 신마(神馬)를 바쳤다.

“참으로 훌륭한 짐승이로다. 저 밝은 털빛을 보아라. 어찌 나라에 상서로운 조짐이 아니라 할 수 있겠느냐?”

법민은 탄성을 지르며 환호했다. 눈처럼 하얀 털이 전신을 감싸고 있었기 때문에 한눈에 보기에도 특이했을 뿐만 아니라 천 리를 쉬지 않고 달린다는 명마였기에 그 기쁨은 더욱 컸다. 법민은 너무 기쁜 나머지 천하에 대사면을 단행했다. 다만, 도인(盜人)들은 제외시켰다. 또한 그런 상서로운 말이 출현한 군의 대령(大領) 등에게 위 1계를 높여주었으며 여러 사람에게 녹을 하사했다. 군의 백성에게도 3년 동안 세금을 면제하는 혜택을 베풀었다. 나아가 신마를 직접 포획한 승 융관(隆觀)에게는 지금까지 그가 저지른 죄를 모두 감면하고 입경(入京)도 허락했다. 융관은 나라에 죄를 짓고 유배된 승 신심(辛甚)의 아들이었다.

길야의 이궁(離宮)에 행차해 며칠 동안 그곳에 머물렀다. 절기상으로는 가을이었지만 아직 늦더위가 남아 있던 탓에 더위를 피할 겸 황궁을 빠져나온 것이었다. 때문에 모처럼 여유를 느낄 수 있었다.

밤이 깊어졌을 무렵 서둘러 주안상을 마련한 법민은 고즈넉한 별채에 앉아 더위를 식히며 광길과 마주 앉았다.

"너와 짐이 이곳에 온 지 벌써 20여 년이 넘었구나."

법민은 새삼 자신의 옆에 광길이 있음을 고마워하며 그의 잔에 술을 채워주었다. 그러면서 자신의 속마음을 털어놓았다. 다행히 광길 역시 아직까지 건강을 유지하고 있었다. 광길은 법민을 보필하며 그의 신변은 물론 궁에서 일어나는 적지 않은 문제들까지 책임지고 있었다. 법민은 그런 광길에게 고마움을 느꼈다.

"황공하옵니다."

"생각건대, 너와 나의 인연이 참으로 고귀하고 친밀하기 짝이 없구나. 네가 이처럼 강건한 몸으로 짐을 떠나지 않으며, 또한 짐을 위하는 마음이 한결같은지라 참으로 고마울 뿐이다."

법민은 진심으로 감사하는 마음을 전했다. 만일 그의 힘을 빌리지 않았다면, 어찌 힘든 왜국에서의 험한 난관을 헤치고 지금의 위치를 확보할 수 있을까 생각하자 그와 인연을 맺은 이래로 광길이 자신에게 보인 모든 것이 고맙기 그지없었다.

"짐에 대한 너의 충성하는 마음이 하늘에 이르러 사무칠 정도로 굳다는 것을 이미 알고 있음이다. 너와 짐 사이의 인연을 살펴보건대, 어찌 사사로운 이유가 있다한들 흐트러질 수 있겠느냐? 앞으로도 여전히 짐은 네게 주군을 섬기는 충성을 바랄 수밖에 없는 처지니 짐을 위해 봉사하는 마음을 잊지 말도록 하라."

법민이 광길의 잔에 다시 술을 따르며 말했다.

"소신은 삼한에서 건너오실 때부터 오직 폐하께서 강녕하시고 심기를 편안히 가질 수 있도록 노력할 뿐이옵니다."

광길이 대답하고 술잔을 들어 마셨다.

다음날 처음으로 사람들 앞에서 율령을 강독하게 했다. 더불어 천하의 죄인들을 사면했다.

얼마 뒤 급보가 날아들었다. 다름 아닌 살마(薩麻)와 종자도(種子島) 두 지역에서 난이 일어나 크게 어지럽다는 보고가 올라온 것이다. 길야에 머물러 있던 법민은 크게 노한 나머지 즉시 무관을 불러 명을 내렸다.

"그 두 지역이 조정과 멀리 떨어져 있음을 굽어

살핀다 해도, 어찌 방종함을 용서할 수 있을 것이며, 어찌 저들을 용서할 것인가? 그 무리들이 천황의 덕화(德化)에서 멀어졌음을 핑계로 흑심을 품게 되었으므로 천황의 추상같은 명을 내려도 미치지 못하고 있다. 따라서 번번이 황명(皇命)을 거역할 뿐만 아니라 모반을 위해 무리를 짓는다니 이는 국사에 방해함이 크다. 즉시, 병사들을 보내어 불순한 자들을 정토(征討)하고 호구를 정확히 조사해 민심을 안정시키는 데 차질이 없도록 만전을 기하라."

그리고 다음날 법민은 본궁(本宮)으로 돌아왔다. 준하(駿河)와 하총(下總) 두 국에 몹시 심하게 태풍이 불어 백성들의 가옥이 무너져 내리고 벼 이삭이 떨어졌다는 보고가 올라왔다.

종5위하 대댁조신금궁이 새파랗게 질린 얼굴로 달려왔다.

"폐하, 왜건명(倭健命: 야경행천황의 황자로 전설적인 전승의 주인공)의 능이 크게 허물어졌다는 급보가 올라왔사옵니다."

법민이 깜짝 놀라 눈을 크게 뜬 채 되물었다.

"무엇이라? 자세히 일러 보아라."

"근처에 사는 백성들이 모두들 지켜보는 가운데

왜건명의 능이 마치 춤을 추듯 어지럽게 요동을 쳤다 하옵니다. 마땅한 처분을 내리시는 것이 가당한 일인 줄 아옵니다."

"그대의 말이 옳다. 이는 불길한 징조로서 필시 나라에 큰일이 벌어질 조짐이니라. 준하와 하총 두 국에 그처럼 태풍이 몰아친 것도 어쩌면 그 때문인지 모른다. 즉시, 사신을 보내 몸을 정갈하게 단속한 후 제사를 지내 그의 노여움을 풀어주도록 하라."

법민은 서둘러 유사에 명을 내렸다.

왜건명은 『일본서기』에는 일본무존(日本武尊)으로 『고사기』에는 왜건명으로 표기돼 있다. 그는 경행천황(景行天皇)의 황자로 16살에 구주(九州) 남부의 웅습(熊襲) 지역을 평정하고 돌아와 천황께 복명(復命)했으며, 일본 동부의 평정 사업에 파견된 나머지 하이(蝦夷) 집단을 무찌르고 야마토(大和)로 귀환하던 도중 이세(伊勢) 지방에서 30세를 일기로 병사한 전설적인 전승의 주인공이다.

태상 천황이 거처하는 별궁에서 사람이 왔다.

"태상 천황 폐하께서 매우 심하게 앓고 계십니다."

이에 법민은 크게 걱정된 나머지 유사에 명해 어의를 들이도록 하고, 아울러 처방에 맞는 약을 구해 치료에 전력을 기울이도록 했다. 천하에 대사(大赦)를 내렸는데 이 역시 태상 천황의 병이 위독한 탓에 백성들의 공덕을 얻기 위함이었다. 또한 승려 100명을 득도시켜 출가토록 했으며 네 곳의 기내로 하여금 금광명경을 강독게 했다. 이는 법민 자신이 원래 마음이 부드러울 뿐만 아니라 어찌 됐든 그녀로부터 황위를 넘겨받았으며, 원영진인천황 당시 천황과 황후가 자신에게 베풀어주었던 호의를 결코 무시할 수 없었던 탓이기도 했다.

그러나 얼마 후 태상 천황의 병이 더욱 위독해진 나머지 급기야 붕(崩)하고 말았다.

그녀는 죽으면서 다음과 같은 유언을 남겼다.

"소복(素服)을 입고 거애(擧哀)하지 말라. 내외의 문무 관인들은 평상시와 다름없이 업무를 보도록 하라. 또한 장례에 관련된 사무는 검약하게 해 나라에 번거로움과 어지러움이 없도록 하라."

법민은 자신의 보살핌에도 아랑곳없이 태상 천황이 죽자 심사가 매우 울적할 수밖에 없었다. 비록 그녀가 양위하는 과정에서 다소 껄끄러운 점이 없진 않았으나 이때에 이르러 모든 감정의 찌꺼기를 모두 잊고자 노력했다.

다음날 2품(品) 수적친왕(穗積親王: 호즈미신노우), 종4위상 견상왕(犬上王: 이누카미오우), 정5위하 로진인 대인, 좌백숙니백족(佐伯宿祢百足: 사에키노스쿠네 모모다리), 황문연본실(黃文連本實: 기부미노무라지 혼지치)을 작빈궁사(作殯宮司)에 임명해 장례를 차질 없이 치르도록 조치했다. 그리고 사대사(四大寺)에 재(齋)를 차리고 서전(西殿)에도 빈소를 설치한 후 그녀의 명복을 빌었다.

"본래 오늘이 대불(大祓)의 예를 행하는 날이지만 상중(喪中)이므로 그만두도록 하라. 다만 동(東) 서(西) 문부(文部)의 해제(解除)는 평상시대로 행하라."

법민이 명했다. 그러자 동한(東漢: 야마토노아야)씨와 서한(西漢: 가와치노아야)씨가 법민에게 대불을 행하기 위한 불도(祓刀)를 바쳤으며 불사(祓詞)를 올리는 의식만을 갖춤으로써 대불 의식을 간단하나마 대신했다.

세밑이 저물어 해가 바뀌었다.

춘정월 초하루에 이르렀지만 태상 천황의 상중이었기 때문에 원일(元日)의 조하를 생략할 수밖에 없었다. 친왕 이하 백관들이 구름처럼 몰려들어 법민을 뵙는 조하를 대신해 옛 천황(지통)의 빈궁에 참배하고 조문했다.

초닷새에 이르러서야 죽은 태상 천황의 넋을 위해 대안사, 약사사, 원흥(元興)사, 홍복사(弘福寺) 등 네 곳의 절에 재회(齋會)를 마련해 명복을 빌었다.

며칠 후 다시 비보가 날아들었다. 신라에서 사신으로 사찬 김복호(金福護)와 급찬 김효원(金孝元) 등을 보내와 국왕의 상(喪)을 당했음을 알린 것이다. 정명에 이어 이홍까지 잃은 슬픔에 법민의 심정은 이루 말할 수 없을 만큼 아팠다. 자식을 둘씩이나 앞서 보낸 심사가 오죽하겠는가.

법민은 자신이 가까이 있지 못한 나머지 손수 챙기지 못한 탓이라며 애꿎게 가로막은 바다를 원망했다. 아울러 무심히 흐르는 세월을 탓할 수밖에 없었다. 헝클어진 마음을 달래고 진정시켜 정사를 돌보는 법민의 마음이 마치 광풍에 흔들리는 형상과도 같았다. 그러나 비록 심사가 어지럽고 복잡한들 국사 또한 미루거나 소홀히 할 수 없었다.

"주례(主禮) 6인은 원래 대보율령의 시행 이전부터 대사인(大舍人)으로 충당했으므로 이 예(例)에 준해 그 과역(課役: 고대 일본의 과역은 조용조(租庸調) 기본 세제(稅制) 중에서 조(租)를 제외한 용(庸)과 조(調)만을 지칭한다. 따라서 과역을 면제했다는 것은 용과 조를 받지 않기로 했다는 얘기와 같다.) 면제해주도록 하라."

윤4월 초하루.

법민은 천하에 대사(大赦)를 선포하도록 했다. 그리고 오랫동안 미뤄왔던 신라 사신 김복호와 김효원을 난파관(難波館)으로 불러 비로소 마주 앉았다. 그동안 자식의 죽음을 차마 인정하고 싶지 않았던 탓에 그들을 접견하는 것을 미루어왔으나 더 이상 미룰 수도 없을 뿐만 아니라 바다 건너 삼한의 소식이 그리웠다.

"즉시, 신라의 사신들을 불러들여 짐을 배알토록 하라."

항상 그랬듯이 법민의 옆에는 광길이 시립해 있었다. 어려울 때면 고언(苦言)과 충성을 두루 아끼지 않았고, 언제나 몸을 던져 자신의 안위를 지켜주는 그로 인해 법민은 왜에 건너 와서도 위축됨 없이 마음껏 뜻을 펼칠 수 있었다. 더구나 신라의 사신을 만나는 자리인지라 자연 광길부터 먼저 챙길 수밖에 없었다.

"신라 사신이 이르렀사옵니다."

내관이 아뢰었다.

"어서 들라 하라."

"명을 받들겠나이다."

잠시 후 김복호와 김효원이 나란히 들어와 엎드려 말했다.

"신라 사신 대아찬 김복호, 폐하의 부르심을 받아 헌신하였사옵니다."

법민이 그들을 바라보며 말했다.

"그동안 바다를 건너오면서 쌓인 여독은 충분히 가시었느냐?"

눈빛은 따뜻했으며 음성 또한 부드럽기 그지없었다.

그러자 갑자기 김복호가 슬픔에 겨운 울음소리를 내며 아뢰었다.

"폐하께 감히 얼굴을 들고는 아뢸 수 없는 송구스러운 소식을 전하게 되는 소신의 목을 치소서!"

"그대는 짐의 마음을 흐트러지도록 하지 말라."

법민은 오히려 그들을 위로하듯 손을 내저은 후 부드럽게 손을 잡아 일으켰다. 그리고 두 사람의 손을 손수 잡아 자리로 옮겨갔다.

김복호가 여전히 눈물을 흘리며 법민에게 아뢰었다.

"우리의 군주께서 불행(不幸)해 지난해 가을부터 시름시름 앓다가 끝내 회복하지 못하고 이번 봄에 돌아가셨으므로 영원히 성조(聖朝)와 헤어지게 됐습니다. 어찌 슬프지 않겠나이까?"

복호의 말에 한동안 넋을 잃고 먼 곳을 바라보던 법민이 조용히 입을 열어 말했다. 목소리가 슬픔과 회한에 젖은 나머지 심하게 떨리고 있었다. 광길은 물론 옆에 있던 두 명의 신라 사신도 이를 그대로 느낄 수 있었다.

"생각건대, 그 번군(蕃君)이 비록 바다 건너 이역에 있다 할지라도 어렸을 때부터 짐이 감싸주며 키웠다는 점에서 실로 사랑하는 자식임에 틀림없다. 비록 수명에 끝이 있음은 인륜의 정해진 이치라 해도 이 소식을 들으니 참으로 슬픈 생각이 그치질 않는구나."

법민이 광길을 돌아보며 마치 위로라도 받겠다는 듯 탄식을 마다하지 않았다. 눈에는 이미 이슬이 듬뿍 맺혀 있었다. 아비로서 자식을 연이어 잃은 슬픔과 허전함을 무엇으로 달랠 수 있겠는가.

"기왕지사, 이미 지난 일을 다시 더듬어 본들 무슨 소용이 있겠는가? 허면, 그의 시호를 과연 무엇이라 정했는고?"

“신의 돌아가신 임금의 시호는 효소(孝昭)라 정했나이다.”

“효소라…….”

법민은 복호의 말을 받아 입속으로 가만히 중얼거렸다. 어찌 손수 키운 자식에 대한 미련과 안타까움이 쉽게 여의어질 수 있겠는가.

“하옵고 망덕사(望德寺) 동쪽의 양지바른 곳에 장사지냈사옵니다.”

“그래.”

정명(신문왕)이 죽었다는 소식을 들었을 때 그랬던 것처럼 이번에도 역시 법민은 한참 동안 말이 없었다. 상명지통의 아픔을 견디는 듯했다. 이를 옆에서 지켜보던 광길 역시 고개를 떨군 채 아무 말이 없었다.

잠시 후 사신 복호가 다시 입을 열었다.

“아울러 선대의 임금이신 신문왕의 장자(長子)인 융기(隆基: 일설에는 흥광(興光)이라고도 함)로 하여금 보위에 올라 왕위를 잇도록 하였나이다.”

“허면, 그 일은 화백회의에서 결정되었더냐?”

법민이 되물었다. 효소왕이 보위를 이어받을 아들을 두지 못했던 사실을 알고 있었기 때문이다.

“그렇사옵니다. 선왕 신문왕께서 새로 장가를 들

어 얻으신 아드님께서 장성했는지라 그 아들 융기(성덕왕)로 하여금 보위를 물려받도록 한 것이옵니다."

법민은 일순 새로 보위에 오른 손자 융기의 나이를 헤아려 보았다. 그리고 열일곱의 의젓한 대장부가 됐음을 깨닫고 마음이 한결 가벼워질 수 있다. 비록 아직 어린 손자이지만 실책 없이 선정을 베풀고 백성들의 삶을 잘 살피어 나라를 잘 다스리기를 마음속으로 간절히 빌었다.

광길아! 광길아!

법민천황 8년, 경원 원년(서기 704년)

가을 들어 정4위하 속전조신진인이 당나라에서 돌아왔다. 무려 2년이 넘는 오랜 여정을 마치고 돌아온 셈이었다. 법민 이하 만조백관들이 당의 소식을 당연히 궁금해했다.

여러 조신들이 운집해 있는 가운데 법민이 물었다.

"오랜 세월에 걸쳐 막중한 국사의 임무를 가지고 먼 길을 다녀오느라 수고로움이 적지 않았다. 바다 건너 당의 사정은 과연 어떠하더냐?"

"황공하옵니다, 천황 폐하."

"소신이 처음 당나라에 도착했을 때 신을 마중 나온 당의 사자(使者)가 "어느 나라에서 이르러 온 사신인가?"라고 묻기에, 신이 말하길 "일본국 사인이오."라고 대답했나이다."

"그랬더니?"

진인의 말에 법민은 다음 일이 궁금하다는 듯 서둘러 물었다.

"이에 소신이 그에게 반문해 묻기를 "이곳은 무슨 주(州)의 땅인가?"라고 물었사옵니다."

"허면, 저쪽 사람이 무엇이라 대답했더냐?"

법민이 다시 재촉하며 물었다.

"그가 대답하기를 "이곳은 대주(大周) 중에서도 초주(楚州) 염성현(鹽城縣)의 땅이다."라고 대답했나이다."

법민이 갸웃거리며 말했다.

"대주라니? 그 무슨 뜻인고?"

그러자 법민의 궁금함을 눈치챈 진인이 다시 아뢰었다.

"전에는 이 나라를 대당(大唐)이라 부르며 근방의 번국(藩國)에서 문물이 구름처럼 몰려들었다고 들었는데, 갑자기 지금에 와서 대주라니 그 무슨 말이냐? 어찌 된 연유로 갑자기 나라의 이름이 그처럼 허무하게 바뀔 수 있는가? 하고 소신이 물었사옵니다."

"그랬더니?"

“저들이 말하기를 “영순(永淳) 2년(683년)에 우리 대 당나라를 다스리던 천황태제(天皇太帝: 이치)께서 붕(崩)하였으므로 황태후(皇太后: 측전무후)가 즉위했는데 칭호를 성신황제(聖神皇帝)라 했으며 또한 국호를 대주라 했다.”라고 대답했나이다.”

비로소 법민은 크게 고개를 끄덕이며 전후의 사정을 알게 됐다. 물론 이치가 죽은 사실과 그 후 무측천이 당의 모든 실권을 거머쥔 채 전횡을 일삼고 있다는 소문은 풍문으로 들어 알고 있었지만, 중원이 아직도 아녀자의 손아귀에서 헤어나지 못하고 있음을 미루어 짐작할 수 있었다.

“아울러 당의 사자가 소신에게 말하였나이다.”

“과연, 무엇이라 했단 말이더냐?”

“그들이 말하기를 “종종 듣건대, 해동에 대 왜국이 있는데 군자의 나라라 하며 모든 백성들이 풍락(豊樂)하고 예의도 두텁게 행해진다는 얘기를 들었다. 지금 왜국에서 온 사신을 만나보니 과연 의용(儀容)이 매우 단정하므로 어찌 믿지 않을 수 있겠는가.”라며 감탄하는 빛이 역력했사옵니다.”

진인의 말에 법민은 기쁜 표정을 감출 수 없었다.

세월이 마치 물처럼 흘러 경운 2년(서기 705년)을 맞았다.

당의 측전무후가 태자에게 제위를 물려줬다는 소식이 들려왔다. 법민은 냉혹하고 잔인하기 그지없던 그녀의 치세를 생각하며 소름이 돋는 것을 어쩔 수 없었다.

그녀는 이치가 죽은 후 황태자를 폐하고 자신의 아들인 이홍(李弘)을 태자로 봉했다. 그러나 태자가 자신이 참혹하게 죽인 소(蘇)씨가 낳은 두 딸을 애처롭게 여기는 사실을 알고는 독살해버리고 말았다. 자신이 낳은 친자식이라 해도 뜻에 어긋나거나 정적(政敵)으로서 위협이 감지되면 가차없이 죽여버리는 냉혹함을 보여준 것이다. 그녀는 이홍의 동생이자, 자신의 소생인 이현(李顯)을 다시 황태자로 삼았다. 그리고 그에게 양위를 하니, 그가 바로 중종(中宗)이다. 그러나 실권은 어머니인 무후가 차지하고 있었으므로 허수아비 황제에 다름 아니었다. 더구나 중종은 황제에 오른 후 겨우 1개월 뒤에 다시 그 어머니 무후에 의해 폐위당하고 만다.

이로써 지금까지 법민을 집요하게 괴롭혔던 자들이 차례로 사라졌다. 이에 법민 자신도 늙어 쇠잔해진 나머지 명이 얼마 남지 않았음을 스스로 깨달았다.

얼마 후 신라 사신 김유길 등이 입경(入京)해 법민을 배알했다.

"짐이 나이가 들었음인지 유난히 바다 건너 삼한 땅에 대한 소식이 궁금하던 차에 마침 경들을 이렇게 만나고 보니, 솟아오르는 감회와 함께 착잡함을 숨길 수 없다."

법민은 서둘러 그들을 맞은 후 무릎을 맞대고 앉아 정겨운 얘기를 나누었다. 사신은 법민이 하문할 때마다 삼한 땅의 돌아가는 상황과 당나라와의 관계며 새로 즉위한 어린 임금에 대한 근황, 심지어 신라 왕실의 잡다한 일상사에 이르기까지 소상하게 전해주었다. 법민은 밤이 깊은 것도 잊은 채 사신들이 전하는 소식에 심취한 나머지 애틋한 향수에 흠뻑 젖어들었다. 더불어 사신이 삼한 땅에서 가지고 온 물건을 푸짐하게 전해주었으므로, 법민은 더욱 고국이 그리운 나머지 사신들의 노고를 연신 치하했다.

다시 해가 바뀌었다.

정월 초하루 법민은 대극전에 나아가 신하들로부

터 조하를 받았다. 아직 돌아가고 있지 않던 신라 사신들 역시 백료들 사이에 배열한 채 법민에게 세배를 올리며 만수무강을 빌었다.

그리고 다음 날.

법민에게 슬픈 비보가 날아들었다. 광길이 죽었다는 것이다. 법민은 하늘이 무너지는 듯했다

광길은 깊은 밤 조용히 후원의 후미진 가장자리로 내려섰다.

그의 마음은 마치 용이 꿈틀거린다는 소(沼)의 깊이만큼이나 어둡고 칙칙할 뿐이었다. 스스로에게 몇 번씩 다짐하고 또 다짐한 일이었지만 선뜻 결행으로 옮길 수 없었다. 더구나 이런 선택만이 주군을 위해 스스로가 걸어야 할 길인지에 대한 끊임없는 회의가 들었다.

"전하!"

그는 괴로움에 숨이 차면서 호흡마저 힘든 상황이 되자 외마디 신음을 지를 수밖에 없었다. 이처럼 야심한 깊은 밤에 밖으로 나온다는 것 자체를 어의(御醫)는 처음부터 금기(禁忌)했다. 그러나 이미 마음으로부터 결심을 굳힌 뒤였다. 물론 누구에게도 발설

하지 않았을 뿐만 아니라 그 기미조차도 내비친 일이 없었다. 그만큼 철저히 혼자 갈무리했던 것이다. 조용히 스스로의 생을 마감하는 것만이 법민을 위하는 최선의 길이라고 믿었으며, 결코 주군께 부담을 줘서는 안된다고 생각했다.

밤이 깊어 새벽으로 가고 있었다. 해가 떠오르려면 아직 한 시진은 더 기다려야 했다. 그러나 광길에겐 이미 시간의 흐름 따위는 중요하지 않았다. 처음부터 그것들을 의식하지 않았음에야 마음에 담아둘 계제가 되지도 않았던 것이다.

광길은 조용히 후원의 후미진 곳을 골라 갈대 자리를 펴고 앉았다. 얼어붙은 지표면에서 올라오는 냉기가 정신을 맑게 했으며 명료한 의식을 유지시켜 주었다. 그동안 겪은 육신의 고통을 그는 눈썹 한 번 찡그리지 않은 채 견뎌왔다.

"쉬셔야 하옵니다. 절대 무리하시면 안 됩니다."

4개월 전 광길은 어의로부터 자신의 생명이 6개월 여밖에 남지 않았다는 얘기를 들었다. 광길의 몸이 여의치 않다는 보고를 받고 놀란 법민이 어의를 보내 그로 하여금 광길을 진료케 한 뒤였다.

"편히 쉬셔야 하옵니다. 절대 무리하시면 아니 되

옵니다.”

어의는 광길보다 더 황당한 표정을 지으며 그 병에 관해서 언급을 삼갔다.

“어찌 말이 없느냐?”

“…….”

“어떤 결과가 나오든 개의치 않을 것이니라. 말을 하라하지 않았느냐?”

광길의 호통에 어의가 겨우 입을 열었다.

“여섯 달이면…… 많이 사시는 것이 될 것이옵니다.”

말을 마친 어의는 끝내 눈을 감아버리고 말았다.

광길은 지금 죽어도 여한이 없었다. 다만, 자신이 죽고 나면 허망해할 법민이 걱정이 됐다.

계절에 걸맞지 않는 겨울비가 추적추적 내리더니 이윽고 검은 구름이 하늘을 짙게 감싸고 있었다. 후원 모퉁이를 돌아나가는 차가운 바람에 몸이 떨려왔다. 주위를 감싼 짙은 어둠은 광길이 가야 할 죽음의 세계만큼이나 음침하고 어두웠다.

칠십 평생을 살았으니 후회가 있을 수 없는 일이었다. 살아온 생에 대한 한 자락의 원(怨)이나 한(限)이 남지도 않았다. 오히려 못다 바친 주군에 대한 스스로의 충심(忠心)이 불민한 것이 아니었는지 새삼 돌아보게 되는 걸 어쩔 수 없었다. 오직 그분을 향해 달려가는 마음의 편향(偏向)을 막을 방법이 없었다. 이직도 여력이 닿기만 한다면 남김없이 그분의 앞날을 지켜주고 싶을 뿐이었다.

그동안 법민은 몇 차례나 광길에게 가정을 가질 것을 권했다.

“무광일께서도 이제는 가정을 갖고 안정된 삶을 양위하는 것이 어떠한가?”

“전하, 명을 거두어 주십시오.”

그때마다 그는 매번 똑같은 말로 법민의 뜻을 사양해왔다.

“그대는 어찌 짐의 권유를 묵살하는가? 과연 그 이유가 무엇이더냐?”

법민은 그의 명을 따르지 않는 광길에게 화가 났다. 그러나 그 역시 광길의 뜻을 모르는 바 아니었다. 그러나 광길의 입장에서 어찌 대왕 앞에서 자신이 가정을 갖지 않는 연유를 일일이 다 말할 수 있겠는가. 자신이 만약 가정을 갖게 된다면 대왕에 대한 충심이 희석(稀釋)될 게 틀림없었다.

“소신의 팔자에는 배필이 없다는 얘기를 이미 들

어 알고 있기 때문입니다. 그런 나머지 오래전 삼한 땅에 있을 때 어머니께서 제게 부탁을 한 게 있사옵니다. 다름 아닌 "너는 결코 가정을 이룰 생각을 갖지 말라. 이건 너를 위해 일러두는 것이다."라고 하셨사옵니다."

이에 더 이상 법민은 광길에게 가정을 가질 것을 권유하지 않았다. 그의 일관된 충심을 오롯이 깨닫는 것만이 그를 위하는 길이라는 걸 알게 된 것이다. 왜에 건너온 지 이십 년이 훨씬 지나서야 비로소 깨닫게 된 그의 충절을 아쉬워할 뿐이었다.

사나이의 세계란, 말이나 행동으로 나타낼 수 없는 묵직한 신의(信義) 같은 것이 있다고 여겨온 광길이었다. 그것은 세치 혀를 놀려 간단히 설명할 수 있는 것이 결코 아니었다. 오직 스스로의 정신력에서 비롯된 상대에 대한 믿음이었다.

대왕과 자신 사이에 존재하는 의리와 신뢰는 한 치도 물러설 수 없는 고귀하고 값진 것이라 여겼다. 감히 옆에서 왈가왈부할 수 있는 것이 아니었다. 논쟁의 대상마저 될 수 없는 처절한 신념에 다름 아니었다. 이에 번거로운 세밑이 지나고 황실에 걸리적거리는 일이 없도록 오늘 밤을 택한 것이다.

"대왕 전하!"

광길은 마치 혼백이 나간 사람처럼 외마디 비명을 질렀다. 그는 여전히 법민을 '대왕 전하'라고 불렀다. 그렇게 부르는 것이 옳다고 생각했기 때문이다.

생각하면, 참으로 오랜 세월에 걸쳐 쌓아온 인연이었다. 황산벌에서 적시에 나타나 대왕의 목숨을 구했던 순간의 아슬아슬한 긴장과 가늠할 수 없는 위기감이 떠올랐으며, 고구려 정벌시 치열했던 평양성의 북문 전투 역시 떠올랐다. 당나라 군사들의 육화진에 맞서 만무방이들을 쳐부수기 위해 선봉으로 나섰던 일들 역시 꿈처럼 스쳐갔다.

"전하! 부디, 강녕하소서!"

그리고 그는 마지막 이별을 고했다.

"무엇이?"

비통한 소식을 접한 법민은 비명처럼 외마디 신음을 토한 후 손과 발을 부들부들 떨 뿐이었다. 그리곤 허둥지둥 광길이 죽은 현장으로 달려갔다. 그 허둥거림이 어미를 잃은 물오리처럼 황망하기 그지없었다.

현장은 유혈이 낭자했다. 광길의 얼굴은 어린아이

의 얼굴마냥 평화로워 보였다. 마치 온갖 시련을 무릅쓰고 주군을 위해 갖가지 의무와 임무를 완벽하게 끝낸 신하의 얼굴이었다. 생에 대한 미련이나 착심 따위는 찾아볼 수 없었다.

오랜 세월동안 그는 법민의 뒤에 굳건하게 선 채 마치 그림자처럼 따랐다. 그랬기에 법민의 슬픔과 애통함은 더욱 컸다. 개인적으로는 친아우처럼 생각하며 마음을 열었고, 외부로부터 가해질 수 있는 어떤 위기도 무사히 넘길 수 있는 든든한 방패로써, 신변 안전의 마지막 보루로써 그의 역할이 막중했으므로 더욱 안타까운 마음을 가눌 수 없었다.

"나를 두고 매정하게도 먼저 세상을 떠나다니! 어찌 그처럼 무정할 수 있단 말이더냐?"

법민은 광길의 부릅뜬 눈을 손수 감겨주며 장탄식을 계속 쏟아냈다.

"아, 참으로 인생살이 한평생이 마치 꿈과 같구나!"

골백번 세상에 다시 태어난다 해도 그처럼 충직한 고굉지신(股肱之臣)을 결코 다시 만날 수 없을 것이라는 점에서 법민의 비애와 애석함은 다스릴 길이 없었다. 법민은 근 50여 년 동안이나 광길에게 자신의 안전을 보장받아 왔다는 사실을 떠올렸다. 남은 여생이 과연 얼마나 되는지 알 수 없었으나, 그 누가 광길처럼 몸을 던져 자신을 보호해줄 것인지 생각하자 절망감에 몸을 떨어야 했다.

“아, 인간의 명이라는 것이 어찌 이리도 허망할 수 있단 말이냐?”

눈 속에 파묻힌 삼한 땅의 아름다운 산야가 눈앞에 스쳐갔다. 처음 만나 인연을 맺은 이래 그와 동고동락했던 기억들이 생생하게 떠올랐다. 결국 그에 의해서 목숨을 보호받아 오늘에 이르렀고, 외롭고 슬플 때 당연한 듯 마땅히 위로를 받아왔다. 가정을 꾸리고 사가에 거처를 정해 살며 대궐에 출근하고 또한 일을 마치면 퇴근하라는 법민의 명을 무시하면서까지, 오직 자신의 안전에 매달려 별채에서 외롭게 지내오다 결국 갑작스런 죽음을 맞았으니, 법민의 마음이 찢어질 듯 아픈 것이 당연했다.

여러 친왕과 조신(朝臣)들 역시 법민의 광길에 대한 애정과 얽힌 매듭의 인연을 잘 알고 있는지라 모두들 슬픔을 가누지 못했다.

며칠 후 신라 사신들이 이르러 와 조를 바쳤다. 그러나 그처럼 반갑기만 하던 그들 역시 이번만큼은

달랐다.

“그대들은 짐의 마음을 정녕 헤아리는가?”

법민이 붉게 충혈된 눈을 들어 사신을 내려다보았다.

“폐하, 신들이 어찌 어지러운 폐하의 심중을 헤아리지 못하겠나이까? 송구스러울 뿐인지라 입이 있으되 충언을 아뢸 수 없을 뿐이옵니다.”

사신들 역시 광길과 법민 사이에 얽힌 인연의 매듭을 잘 알고 있는지라 슬픔을 이기지 못했다.

김유길 등에게 조당(朝堂)에서 향응을 베풀었다. 여러 나라의 음악이 뜰에서 연주됐을 뿐만 아니라 천하의 온갖 미녀들이 시중을 들며 흥취를 돋우었다. 그러나 광길을 잃은 상처로 인해 법민의 마음은 결코 밝아지지 않았다. 신라 사신을 불러 연회를 열게 된 이유도 손자가 왕위에 있는 신라에 대한 국가적인 예의와 김유길이 내일이면 떠날 것이기 때문에 섭섭함을 달래기 위한 것일 뿐, 스스로 내켜서 한 일은 아니었다.

이윽고 신라 사신들이 돌아갔다. 그편에 법민은 신라왕에게 전하라는 칙서(勅書)를 전했다.

"짐은 신라의 왕에게 경문(敬問)한다. 사인 일길찬 김유길과 사찬 김금길(金今古) 등이 이르러 와서 바친 조물(調物)은 모두 갖추어져 있었다. 이로 미루어 짐작하건대, 왕이 나라를 다스린 이래 많은 해가 지났으나 공물을 바치는 데 흐트러짐이 없고 행이상속(行李相屬: 사신들의 왕래도 계속 이어졌다는 뜻)도 끊이지 않았다. 왕의 관성(款誠: 정성)이 이미 나타났으니 가상하기 그지없는 일이다. 봄의 첫 무렵이라 아직 쌀쌀한데, 무양(無恙)하신가? 국경(國境) 안도 마땅히 평안하리라 믿는다. 사인이 지금 돌아가매 앞의 이와 같은 뜻을 말하며, 아울러 왜국의 토물(土物)을 그들에게 맡겼다. 그 품목과 상세한 내용은 별게(別揭: 별표)와 같다."

할아버지가 손자에게 전하는 따뜻한 마음이 절로 느껴졌다.

그즈음, 법민은 광길이 마치 한 가닥 피어오르는 연기처럼 사라지자, 자신의 명 역시 오래 남지 않았다는 것을 홀연히 깨달았다. 그 스스로 이홍(효소왕)의 죽음을 두고 말했듯이, 인간의 생에 어찌 끝이 없을 수 있겠는가를 깊이 생각하게 된 것이다. 이에 법민은 왜의 백성들이 삼한에서 이르러 온 자신에 의해서 통치된 적이 있으며, 그로 인해 혹시라도 있을지 모를 삼한 땅에 대한 무모함과 야욕이 소멸되기를 바랐다. 그들이 천황으로 떠받는 사람이 바로 삼한에서 왔다는 것을 올바르게 인식한다면, 어찌 삼한 땅을 향해 칼날을 바로 세울 수 있을 것인가? 하고 생각하기를 마다하지 않았던 것이다.

법민, 떠나다

법민천황 11년, 경운 4년(서기 707년).

찬기국 나하군(那賀郡)의 금부도양(錦部刀良: 니시고리 노도라), 육오국(陸奧國) 신태군(信太郡)의 생왕오백족(生王五百足: 이호다리), 축후국(筑後國) 산문군(山門郡)의 허세부형견(許勢部形見: 고세베노가타미) 등에게 각각 의(衣) 1습(襲) 및 염(鹽)과 곡을 지급했다. 그들은 백제가 망하고 난 직후 당시 왜의 천황이었던 천지(天智)에 의해서 백제부흥군을 지원해 대방을 다시 일으키기 위해 파견됐던 군사들이었다. 그들은 백제를 구원하기 위해 바다를 건너 삼한 땅에 상륙했으나 전세가 불리하고 중과부적으로 인해 싸움에 패한 나머지 당의 포로가 돼 절역 땅까지 끌려간 후 관노(官奴)로 지내며 갖은 고생을 겪었다. 그러던 중 사신

속전조신진인을 천재일우로 만나 비로소 귀국하게 된 것이다. 그들이 그동안 겪은 고초와 신산(辛酸)은 새삼 말로 표현할 필요도 없을 터였다. 그들이 당으로 끌려간 해가 신유(辛酉: 661년)년이었니, 삼한 땅의 태종무열왕께서 붕어하시고 법민 자신이 대권을 이어받아 즉위한 해였다. 그러니 어찌 법민이 그 일을 잊을 수 있겠는가. 40년이 훨씬 지난 일이었으나 그 노도와 같이 흐르는 격동의 시기를 어찌 한시인들 잊을 수 있으랴.

법민은 그들의 기구한 운명과 역사의 휘둘림에 의해 망가진 민초들의 삶에 새삼 놀람과 동시에 삼한일통을 이루는 과정에서 어쩔 수 없이 희생된 그들의 가련한 처지를 생각하며 가슴 아파했다. 이에 그들과 더불어 오랜 시간 담소를 나누며 위로해주고 따뜻하고 너그러운 아량을 베풀었다.

그러나 광길의 죽음 이후 법민은 삶의 의욕을 잃은 나머지 하루하루를 고통과 번민으로 보냈다. 아울러 자기 주변의 사람들이 하나둘씩 유명을 달리하자 생에 대한 근본적인 의문이 들기도 했다.

하염없이 시름에 잠겨 있던 법민의 눈에, 궁궐의 담 안쪽으로 호화로운 자태를 자랑하는 붉은 장미가 무리를 다투어 피어 있는 모양이 들어왔다. 그러나 이미 철이 다했는지라 물빛 하늘을 배경으로 꽃잎이 하나 둘 스스로 떨어져 내리는 모습이 마치 스산한 자신의 마음을 보는 듯했다.

'과연 하늘의 진정한 뜻은 무엇이며, 또한 인간들의 삶이란 어디에서 이르러 와 어디를 향해 흘러가는가?'

문득 삼라만상의 진정한 모습과 인간 사이에 서로 얽힌 모든 인연이 부질없는 것이라는 생각이 들었다. 갑자기 찾아든 그런 의문은 온갖 만물에 대한 깊은 사유(思惟)를 이끌었고, 팔십여 평생이 넘도록 살아온 삶에 대한 뼈저린 성찰로 이어졌다.

특히 주위에 있던 많은 인물들이 이미 죽어 고인이 된 지 오래였다.

백제 의자왕과 고구려 보장왕도 이미 죽고 없었으며, 당의 이치 또한 유명을 달리했다. 또한 한때 신라의 아홉 장수를 자처하며 삼한일통에 앞장섰던 장수들도 모두 사라지고 없었다. 심지어 자신이 낳아 손수 길렀던 정명과 이홍도 이미 죽고 없었다. 그러니 인생이 어찌 허무하지 않을 수 있겠는가. 자신이 아직 명을 부지함과 동시에 왜에 건너와 열도를 다스린다는 점은 하늘이 돌보고 조상이 이끌어주신 음덕이라 생각될 뿐이었다.

첨예하게 대치했던 정적(政敵)들은 물론이고, 자신이 따르고 섬겼거나 가까이 지냈던 지인(知人)들마저 모두 이미 이 세상 사람이 아니라는 현실에 한숨이 저절로 나왔다. 이에 세상사의 허무함과 인생사의 허망함이 머리끝이 송연(悚然)해지도록 엄습해 두려움에 떨어야 했다.

"내 비록 일본의 천황으로서 높은 전각의 지붕 아래 앉아있다 한들 천리(天理)를 무엇으로 감당할 것인가?"

미천한 중생으로서 결코 하늘의 뜻을 거부할 수 없음에 절망을 느끼기보다는 체념할 수밖에 없던 법민은 소리 내어 뇌까리기를 마다하지 않았다.

보위에 오른 뒤 얻은 피붙이가 있지만, 미처 대를 이어받을 후사를 든든하고 확실하게 정하지 못했을 뿐만 아니라 막상 스스로의 핏줄을 내세워 보위를 물려준다 해도 아직 어린 황태자의 뒤를 든든하게 받쳐줄 친위세력을 제대로 구축하지 못한 상황인지라, 뒤에 남은 왜인들이 과연 어떤 결정을 내려 처리하게 될 것인지 지하에서 지켜보는 방법 외에는 마땅한 방안이 없었다. 따라서 남은 사람들의 뜻에 후사를 맡길 수밖에 없는 외로운 처지에 죽음에 임할 순서를 기다리는 곤궁한 입장이 됐으니, 어찌 조급해하지 않으며 적나라한 회한과 미련이 남지 않을 수 있으랴.

대반안마려의 무리들이 난을 일으켰을 때 신라에서 이르러 온 군사들이 아직 왜의 땅에 머물러 있었지만, 그들 역시 기력이 쇠한 지 이미 오래였다. 뿐만 아니라 그들만으로는 황태자를 보위하기엔 무리였다.

'결국, 하늘의 뜻에 맡길 수밖에 없음인가?'

이미 늙고 노쇠한 몸이었지만 이제 명이 다한 마당에 떠오르는 의무감이란 장래에 혹시 있을지 모르는 왜의 삼한 침략에 대한 근본적인 위협을 제거하는 데 있었다.

만일 자신의 핏줄로 보위를 잇지 못하고 이대로 끊긴다면 스스로의 뜻을 전승(傳乘)하지 못할뿐더러 시도하려고 했던 창창한 의지마저 굳게 지켜낼 수 없는 것은 자명했다. 그 때문에 앞으로 왜는 왜의 땅에 살아남은 자들의 뜻에 따라 흘러갈 것이 뻔했다. 말하자면, 자신이 이곳에서 저들의 천황으로 죽는다 한들 자신의 깊고 숭고한 희생의 뜻을 올곧게 지켜낼 배후세력이 없음을 뼈저리게 절감한 것이다.

아닌 말로 세월이 흐른 후, 어느 날 갑자기 왜의

무리들이 작당하고 삼한 땅으로 쳐들어가지 않으리라고 보장할 수 없었다.

지금은 비록 왜의 무리들이 성하지 못해 죽은 듯이 엎드려 있지만 언젠가 힘이 생기고 세력을 얻는다면 바다 건너 대륙을 향한 집단적 충동을 막을 수 없을 것이라 생각했다. 이는 자신이 왜의 천황이 돼 저들을 몇 년 동안 다스려본 후 터득하게 된 것이었다. 따라서 자신이 삼한을 떠나며 거짓 유조(遺詔)로 남긴 기우가 끝내 현실로 나타날 것이 분명했다.

'참으로 삼한 땅의 경우와는 전혀 다른 점이 없지 않다.'

법민은 호르륵 쉬는 한숨 끝에 묻어나오는 고뇌의 한탄을 금할 수 없었다. 운신의 폭이 좁은 나머지 매사 자신이 의도했던 바대로 일이 풀리지 않았던 것이다.

생각건대, 부모의 하해와 같은 은혜를 입고 세상에 태어나 오랜 세월을 살아오면서 겪어야 했던 온갖 신산과 비애와 절망을 어찌 잊을 수 있으며, 어찌 한마디 필설(筆舌)로 헤아릴 수 있겠는가? 희로애락은 물론, 가슴이 벅차올라 환호했던 일, 패전의 고통 속에서 통탄한 나머지 스스로를 두고 한탄하고 가슴을 쳤던 일들이 얼마나 많았던가? 그러나 이제 모두 부질없으며 또한 지나간 일일 뿐이었다.

"참으로 오랜 세월 동안 짐을 위해 헌신했다. 고생이 많았느니라."

다음날 법민은 인수를 불러 그동안의 노고를 치하하고, 아울러 군사들의 성성한 세를 칭찬해 상급을 두루 내렸다. 그리고 다시 그를 향해 말했다.

"이제 군사들을 이끌고 삼한 땅으로 돌아가도록 하라."

법민의 목소리는 촉촉이 젖어 있었다. 자신의 마지막 삶을 정리하는 중이었는지라, 어찌 한 가닥 회한과 애틋함이 벗을 수 있겠는가.

"소신은 오직 폐하의 명에 따를 뿐이옵니다. 하오나 소신에게 삼한으로 돌아가라 하시니 후일의 일이 걱정될 뿐이옵니다."

인수는 끝까지 법민의 후의에 감사하는 한편 뒷일을 걱정했다.

"괘념치 말고 명에 따르도록 하라."

그리고는 주위를 물리쳤다. 이미 스스로 모든 일을 마무리 지을 각오를 다진 것이다. 오직 번거롭고

혼탁한 세상사의 잡일을 잊고 하늘의 뜻에 맡길 뿐이었다. 인간의 사사로운 번뇌와 욕망 따위는 이미 초월한 뒤였다. 아울러 후일의 일은 이 땅에 살아남은 자들이 스스로 선택하여 결정하면 될 뿐이라고 마음을 다잡았다. 인간들의 어리석은 욕망과 마땅히 제어할 수 없는 방종과 만용을 자신의 미약한 힘으로 막아낼 여력마저도 이미 사라지고 없었다.

"신의 섭리와 하늘의 뜻에 순응할 것이다."

이로써 법민은 자신 주변을 올곧게 마무리 지을 준비에 들어갔다. 따라서 인수와 그를 따르는 1만여 군사들 하나하나에게까지 분수에 넘치는 많은 재물들을 주어 신라로 돌아가도록 조치를 취했다.

6월 초하루에 일식이 있었다. 일관(日觀)들이 너도 나도 나서서 전에 없던 기이한 일이라며 천황에게 주청을 넣었지만 법민은 전혀 그들의 말에 동요하지 않았다.

"하늘의 일이란 천변만화(千變萬化)가 있을 뿐이니 경거망동하지 말라."

과연 법민이었다.

그리고 맞은 6월 보름.

법민은 홀연히 자는 듯 숨을 거두었다. 일세를 풍미했던 사람의 마지막 모습치고는 너무도 정적(靜寂)이고 엄숙했다. 등원황후와 어린 왕자, 그리고 두 명의 비가 동시에 혼절할 듯 통곡했으며, 수많은 제왕과 제신들은 물론 일반 백성들까지 거리로 뛰쳐나와 그의 죽음을 애도했다.

유조(遺詔)에 이르기를 거애(擧哀)는 3일, 흉복(凶服)은 한 달에 걸쳐 하라고 정해져 있었기 때문에 제왕과 제신들이 그에 따라 장례절차를 밟기 시작했다.

열엿새에 3품 지기친왕(志紀親王), 정5위하 견상왕(犬上王: 이누가미오우), 정5위상 소야조신모야, 종5위하 좌백숙니백족, 종5위하 황문연본실 등에게 빈궁에 대한 일을 맡도록 결정했다. 또한 거애와 착복(着服)은 유조에 나타난 뜻을 존중함에 전혀 그르침이 없었다. 초이레에 시작해 일주일마다 재회를 열었으며, 마지막 49재(齋)는 더욱 엄숙하고 경건하게 4대사(大寺)에서 각각 치러졌다.

초겨울에 접어들어 이품 신전부친왕, 종4위상 아배조신숙니마려, 종4위하 좌백숙니태마려, 종5위하 기조신남인(紀朝臣男人)을 조어총사(造御竈司)에 임명했다. 아울러 종4위상 하모야조신고마려, 정5위상 토사숙니마수(土師宿祢馬手: 하지노스쿠네 우마테), 정5위하 민기촌비량부(民忌寸比良夫: 타미노이미키 히라부), 종5위상 석상조신풍정, 종5위하 등원조신방전을 조산능사(造山陵司)에 임명하고, 정4위하 견상왕, 종5위상 채녀조신매부, 다치비진인삼댁마려, 종5위하 황문연본실, 미다군북조(米多君北助: 메타노기미 호조)를 어장사(御裝司)에 임명했다.

동짓달 열사흘에 이르러 종4위상 당마진인지덕이 뢰인(銇人)들을 인솔해 빈궁으로 찾아가 뢰(銇: 시노비고토 라고 하며 빈소에서 죽은 자를 위하여 추념하는 의식을 말함)를 바쳤다.

묘호(廟號)를 왜근자풍조부천황(倭根子豊祖父天皇: 야마토네코 도요오호지노스메라미고토)라 정해 올리고 비조강(飛鳥岡)에서 화장했다.

그리고 스무날에 이르러 안고산능(安古山陵)에 장사를 지냈다. 시호는 과거 삼한 땅에서 이미 거짓으로 정해 올려 사용한 일이 있었던 문무(文武)라 정했다.

끝.

❖ 작가의 말

이 책은 그동안 끊임없이 제기돼 왔으며 수많은 추측과 소문이 난무했던 삼한시대와 통일신라시대 당시의 일들을 『삼국사기』와 『삼국유사』 그리고 동양 삼국의 역사적인 사료(史料)를 바탕으로 서술한 것이다. 이를 통해 과연 진실이 무엇인지 그 의혹을 낱낱이 파헤치고자 했다. 따라서 이 책은 한국과 중국, 나아가 일본의 역사적인 기록과 근거를 바탕으로 쓰여졌음을 밝힌다. 다만, 문무대왕 생전의 일거수일투족에 대한 세세한 부분은 어쩔 수 없이 작가적 상상력을 발휘할 수밖에 없었다. 어쨌든 후세인 우리들이 대왕의 깊은 뜻을 다시 되새겨보고, 그의 숭고한 정신을 이해하는 데 도움이 됐으면 하는 바람이다.

대왕이 죽기 전에 걱정했던 삼한에 대한 왜적의 침략은 그의 사후 천 년이 지난 즈음 임진왜란을 통해 결국 현실로 나타났다. 아울러 명성황후 시해 사건이나 한일합방, 독도에 대한 집착 등을 거치며 오늘에 이르고 있다.

역사란 참으로 아이러니한 것이다. 역사 자체가 제자리를 찾아 돌아오니 말이다. 1915년 6월 29일 조선총독부는 치안상의 이유로 '김해김씨의 족보 간행을 금지한다.'는 조선총독부령을 내린 바 있다. 아울러 그동안 취조국이 관장하던 조선 반도의 관습과 제조, 조사업무를 중추원으로 옮긴 후 『조선반도사』를 자신들의 입맛에 맞게 편찬하는 작업에 착수했다. 또한 1925년 6월에는 편찬사업을 보다 본격화하기 위해 칙령 218호를 발령하고, 조선사편수회 관계 법령을 다시 제정, 공포하기도 했다. 그리고 이완용, 권중현, 박영효 등의 친일파를 고문과 위원에 앉히고 일본의 거물 역사학자들을 대거 동원해 마침내 1938년 3월 『조선사』 35권을 완간하기에 이른다. 이로 인해 일본의 뿌리가 되는 삼한의 상고사, 그 가운데에서도 삼한의 왜나라 경영설이 모두 묻혀버리는 결과를 낳고 말았다.

안타까운 것은 이 편찬 작업에 수사관보 등으로 참여했던 조선인 사학자와 친일파들이 해방 후 강단 사학의 거봉으로 자리 잡으면서 식민사관의 맥이 일정부분 다시 이어지게 됐다는 것이다. 그 탓에 학교에서 배운 우리의 역사가 다소 허약해지고 성성하던 맥이 빠진 나머지, 우리 선조들의 행적이 축소되고 상실돼 버린 것 또한 부인할 수 없는 사실이다.

그러나 진실은 숨기고자 해서 숨길 수 있는 것이 아니다. 왜 저들은 자신들의 천황이 죽자 신라에서 이미 사용했던 문무(文武)라는 시호(諡號)를 굳이 사용했을까? 또 『일본서기(日本書紀)』와 『속일본기(續日本記)』를 쓴 편찬자는 과연 누구일까? 이를 토대로 문무대왕이 문무천황으로 이어지는 결정적인 연결고리를 찾는 것이 우리가 해야 할 과제일 것이다.

무엇보다도 문무대왕의 거룩한 점은 죽는 날까지 위민(爲民)정치를 펼쳤다는 것이다. 그는 일반 백성들의 삶을 한시도 잊지 않았다. 또한 삶에 지친 민초들의 입장에서 항상 생각하고, 싸움터에 나간 군졸의 처지에서 매사를 정리했다.

문무대왕은 이미 흙이 돼 자연으로 돌아갔지만 그의 숭고한 정신과 거룩한 의지는 과거를 지나 현재를 거슬러 미래에까지 영원히 이어질 것이다.

이 책을 만드는데 도움을 주신 동북아재단 이재석

선생님과 강준식 작가에게 심심한 사의를 표한다. 끝으로 문무대왕이 왜의 천황이 돼 나라를 다스리는 동안 적적함을 달래면서 남긴 시 한 수를 소개하고자 한다.

나이는 관을 쓰면 족하겠지만	年雖足戴冕
지혜는 관복으로 어쩔 수 없으니	智不敢垂裳
예전부터 밤마다 상념에 잠겨	朕常夙夜念
무엇으로 이 마음 바로 잡을지	何以拙心匡
지난 일을 스승으로 삼지 않으면	猶不師往古
군주의 품은 뜻을 어찌 펼치랴	何救元首望
시서화에 정진한 일도 없는데	然毋三絕務
노랫말에 임하려함은 욕심이련가	且欲臨短章

문무3 [큰글자도서]

발 행 일 : 2010년 3월 29일
지 은 이 : 장태우
발 행 처 : (주)도서출판점자
발 행 인 : 김동복
출판등록 : 2009년 2월 17일 제 25100-2009-5호
주　　소 : 서울시 성동구 아차산로17길 57 일신건영휴먼테코 1203호
전　　화 : 02)3426-7511
팩　　스 : 02)3426-7502
전자우편 : kbraille@naver.com
홈페이지 : www.kbraille.net

ISBN 978-89-93793-83-3
ISBN 978-89-93793-84-0 세트

잘못된 책은 바꾸어 드립니다. 값은 뒤표지에 있습니다.